우리는 모두 빛나는 예외

우리는 모두
빛나는 예외

전아론 에세이

샘터

세상이 늘 낯설었다. 내가 어딘가 비켜나 있다는 느낌을 항상 지울 수 없었다. 그때 할 수 있는 일들이 무엇이었을까. 모르겠다. 다만 시간이 지나면서 알게 된 사실이 하나 있다. 나만큼 당신도 세상이 낯설다는 것.

이십대 후반을 통과하면서 이 책에 실린 글들을 썼다. 이렇게 많은 사람들에게 가닿을 수 있으리라 짐작하지 못했다. 왜 내가 이런 글들을 썼을까? 아무리 생각해도 쓰기 위해 썼다는 답뿐이다. 나를 잠식했던 어둠들이, 한 글자 한 글자 적어 내려갈 때마다 조금씩 물러났다. 희미하게나마 내가 어떤 사람인지 알 수 있었다.

그간 아무도 보지 못했던, 심지어는 나조차도 몰랐던 내 빛을 찾아가는 순간이었다. 난 항상 스스로를 의심하고 걱정했다. 다들 지키고 사는 질서나 규율이 불편할 때가 많았으므로. 감정을 조절하고 제어하는 게 능숙하지 못한 데다 그럴 필요성도 느끼지 못했으므로. 이미 어른인데 아직 어른이 아니었으므로.

    그럼에도 불구하고, 나는 사랑받았다. 덕분에 나도 나를 사랑할 수 있었다. 돌이켜보면 참 다행인 일이다. 그렇지 않았으면 이렇게까지 내키는 대로 살진 못했을 테고, 지금의 나는 없었을 테니까. 나를 아껴준 모든 사람들이 나를 지켜준 셈이다.

    종잇장에 빼곡히 적힌 내 문장들을 마주하자 욕심 혹은 바람이 하나 생겼다. 사람들의 애정이 나를 보듬어주었던 것처럼, 이 문장들 또한 누군가를 끌어안을 수 있었으면 한다. 이 책을 방패 삼아 좀 더 멋대로, 하고픈 대로 살았으면 좋겠다. 염치없이 자기 자신을 '빛나는 예외'라고 말하는 나 같은 사람보다, 이 책을 읽고 있는 당신이 훨씬 더 반짝거릴 게 분명하니까.

2016년 이른 봄
전아론

제2부

이 토 록 뜨 거 운 결 핍

제3부

나는 하나의 이야기가 아니다

제4부

두 려 움 을   이 길   필 요 는   없 다

산 만 해 도 괜 찮 아

제1부

산만해도
괜찮아

나는 기꺼이 산만한 사람으로 사는 걸 택하겠다.
덜 효율적인 대신 더 사랑스러운 삶일 거란
믿음으로.

그렇게 보이지 않겠지만 나는 꽤 산만한 편이다.

지금까지 스스로를 관찰한 바, 집중력 부족은 내 오른쪽 발목의
빨간 점처럼 타고난 것이다. 고쳐지거나 바꿀 수 있는 게 아니란
말이다.

어릴 때부터 그랬다. 아무리 급한 시험이 코앞에 닥쳐도, 한 과
목에 집중할 수 있는 최대 시간은 고작해야 한 시간 반에서 두 시

간 정도. 그래서 수학 두 시간, 사회 두 시간, 음악 한 시간, 다시
수학 두 시간, 이런 식으로 과목을 계속 바꿔가며 공부해야 했다.
참으로 비효율적이었다. 사회나 음악보다 수학을 훨씬 못했기에
수학만 하루 종일 공부해도 모자랐는데 말이다.

이런 산만함은 어른이 된 지금까지도 여전히 나를 괴롭힌다.

일을 할 때도 한 가지에 집중할 수 있는 시간은 최대 두 시간 정
도. 여러 가지를 동시다발적으로 해결해야 하는 잡지사에서 일하
는 게 천만다행이다. 지금도 이 글을 30분쯤 더 쓰고 촬영 준비를
조금 한 후에 다시 글을 이어 쓸 예정이다. 만약 내가 연구원이나
프로그램 개발자, 회계사 같은 일을 했다면 어땠을까? 상상만 해도
끔찍하다.

게다가 장소에 대한 집중력도 낮아서, 한곳에 오래 앉아 있질
못한다. 내 책상에 세 시간쯤 앉아 있으면 근처 카페에 나가 세 시
간, 다시 내 자리로 돌아와서 세 시간.

내 평생 히키코모리 같은 건 될 수 없을 거다. 집에서 하루만 있
어도 좀이 쑤시고 우울해지니까. 심지어 술을 마실 때도 옮겨 다니

는 걸 좋아해서 다음 가게, 그다음 가게까지 예약해놓을 정도다.

지금이야 나만의 리듬을 찾았지만 이전까진 참 힘들었다. 요컨대 '의지의 문제'라고 생각해서 나를 괴롭힌 적도 많다.

하지만 인간이 그렇게 쉽게 바뀌는 생물이던가.

집중력이 떨어지는 상태를 붙잡고 늘어져서 나온 결과들은 늘 엉망이었고, 나는 고쳐지지 않았다. 그럼 받아들이는 수밖에.

그리하여 나름대로 인생의 핸디캡(?)을 갖고 사는 사람이 됐다.

같은 부족함을 지닌 사람들은 서로를 쉽게 알아보는지라, 종종 나처럼 태생이 산만한 사람이 눈에 띈다. 그런 사람에겐 마음속으로 동질감을 느끼기 마련이다. 최근엔 김중혁 작가에게 그런 마음을 느꼈다. 그의 산문집 《뭐라도 되겠지》(마음산책, 2011) 때문이다.

거기엔 일본 동화작가 고미 타로의 책 《어른들(은, 이, 의) 문제야》가 인용되어 있었다.

"저는 마음이란 산란해지기 위해 있다고 생각합니다" 하고 운을 뗀 고미 타로는, 마음 심(心) 자의 생김에 대해 짚어본다. 다른 한자들과 달리 마음 심(心) 자의 획은 각각 떨어져 있기 때문에, 처음부터 산만한 상태라는 것이다.

그다음의 말이 압권이다.

> 마음을 산란하게 하지 말라는 것은 마음을 갖지 말라는 뜻이며, 깜짝 놀라고, 두근거리고, 용기 없이 우물쭈물하는 등의 인간적인 감정을 갖지 말라는 뜻입니다.

김중혁 작가는 그 구절을 읽고 억울하게 뒤집어썼던 누명을 벗은 느낌이 나서 눈물이 날 뻔했단다. 나는 고미 타로에게 위로받은 김중혁 작가의 글을 읽고 위안을 받았다.

문장과 문장 사이로 주고받는 위로들.

훈훈하다.

사실 산만한 건 조금 불편한 일이긴 하다. 하지만 내 눈, 내 입, 내 손과 머릿속이 오래 집중하지 못하는 건 호기심 때문일지도 모른다.

덕분에 나는 빠르게, 많이, 다양한 것을 받아들일 수 있잖아?

물론 집중력 강한 사람들이 부럽고, 뭘 하나 하려고 해도 다른 사람보다 시간이 많이 걸리는 내가 가끔 밉기도 하지만, 기막힌 장점도 있다.

남들보다 긴 하루를 보낼 수 있다는 것.

신문을 읽다가 카이스트 김대식 교수의 인터뷰 기사를 보았다. 뇌과학을 전공하는 그는 이런 말을 했다.

인간이 가진 많은 착시 중의 하나가 시간의 흐름에 대한 착시다. 다들 같은 세상을 사는데 나이가 먹으면 시간이 빨리 지나가는 것 같은 이유는 나이가 먹으면 먹을수록 뇌의 정보 전달속도가 느려지기 때문이다. 정보를 빨리 전달하면 세상을 더 자주 볼 수 있다. 즉 같은 시간에 어린 사람들은 10~20번 세상을 보는 데 반해 나이가 든 사람들은 1~2번만 볼 뿐이다. 그러니 같은 시간이라도 나이가 들면 획획 지나가는 것처럼 느껴지는 것이다. 나이가 어린 사람들은 세상을 슬로모

선으로 보는 셈이고 늙은 사람은 기억에 저장되는 영화필름의 프레임이 나이가 들수록 줄어드는 것이다.

(문화일보, 2014년 7월 25일자)

하루는 똑같이 24시간인데, 열 살 때의 내가 느꼈던 하루는 어마어마하게 길었다. 이것도 하고 저것도 하고, 여기도 가고 저기도 다녀왔는데 저녁 먹을 시간까진 까마득했다. 매일 지쳐서 잠이 들곤 했던 것 같다.

뛰어다니고 크게 말하고 머리를 굴리느라 바빴던 날들.

그 끝에 찾아오는 기분 좋은 피로감.

나이가 들면서 그렇게 길었던 하루는 조금씩 짧아지고, 정신을 차려보면 캄캄해진 창밖을 마주하는 순간이 생긴다. 하지만 산만한 나는 이것과 저것 사이를 옮겨 다니느라 하루가 다시 늘어나는 경험을 하기도 한다. 김대식 교수의 표현을 빌리자면 기억에 저장되는 프레임 중 새로운 게 하나둘 끼어드는 것이 되려나.

늘 보던 풍경 사이에서 낯선 것을 마주하면서 발휘되는 호기심이 일상에 기억될 만한 '어떤 순간'을 추가시키는 셈이다.

　일정한 패턴에 맞춰 가장 합리적인 방법으로 시간을 보내는 게 삶을 더 효율적으로 만든다는 건 의심할 여지가 없다. 하지만 그렇게 살려면 갑자기 툭 튀어나오는 생각들, 그때에만 마주칠 수 있는 장면들, 쓸데없어 보이지만 재미있는 것들을 놓치면서 살아야 한다.

　그게 더 좋은 삶이라고 말할 수 있을까?

　나는 기꺼이 산만한 사람으로 사는 걸 택하겠다. 덜 효율적인 대신 더 사랑스러운 삶일 거란 믿음으로.

취업하면
끝날 줄 알았는데

반복되는 삶 속에서 자기 자신을
똑바로 응시할 힘을 잃는다면
그 사람은 점점 투명해질지도 모른다.

작년 여름, 아끼는 동생 하나가 취업을 했다.

남들에게 자랑할 수 있을 만한 대기업이었고, 본인이 원하던 직무에서 크게 벗어나지 않은 일이었다.

취업 준비 기간은 반년 정도. 길다면 길고 짧다면 짧은 시간이지만, 그 아이가 얼마나 불안에 떨며 취업을 준비해왔는지 누구보다 가까이서 지켜봤다. 나는 연약해진 그 아이의 마음이 상할까 봐

제대로 된 위로도 응원도 하지 못한 채 곁을 맴돌며 전전긍긍하기
만 했다.

수고했다며 축배를 들었다. 그 애는 아직 얼떨떨한 얼굴로, 그러
나 웃으면서, 고맙다고 했다. 기쁘기보단 안심이 된다고 했다.

나는 그 표정이 귀여워서 다 괜찮을 거야, 다 괜찮을 거야, 했다.
너도 이제 직장이란 무덤에 들어오게 됐구나 하고 놀리기도 했다.

그렇게 잔을 부딪치며 웃었던 게 고작 한 달 전이었는데…. 아
주 늦은 시간에 퇴근을 한 그 애는 내 품에 안겨 왕 하고 울음을 터
트렸다.

"언니, 나 못 다니겠어. 더는 못 다니겠어."

그 마음을 너무나 잘 알겠어서 나까지 눈가가 뜨거워졌다.

"내가 없어져버린 것 같아."

디자인을 전공했던 그 아이는 디자인 스튜디오에 막내로 들어
가거나 프리랜서로 독립하는 친구들 사이에서 홀로 대기업의 길을
택했다. 취업을 준비하면서 주변 친구들에게 상대적 박탈감을 느

끼기도 했지만, 동시에 그들과 다르게 현실적인 길을 걷고 있는 자신의 선택을 뿌듯해하기도 했다.

모든 취업준비생들이 그러하듯, 그 애 역시 '취업 후'의 삶을 예쁘게 그리고 또 고쳐 그리며 탈락의 고배를 꾸역꾸역 마셨다. 서류 심사에서, 1차 실무에서, 면접에서 떨어질 때마다 자기 자신을 부정당하는 느낌이 들었을 것이다.

그걸 버티게 한 힘은 오로지 취업 후의 미래를 꿈꾸는 데서 왔을 테고.

하지만 직업을 갖고 일을 한다는 건 장밋빛 미래가 아니다.

무척이나 방대한 양의 업무들이 치밀하게 구성되어 있다. 그 안에 들어가기만 했는데도 사회라는 아주 거대한 시스템 속에 완전히 붙들린 기분이 든다.

훌륭하게 일을 해내는 것은, 물론 나를 발전시킨다. 하지만 내가 나로서 살아가도록 만들어주지는 않는 것 같다. 전화 업무에 능숙해진다거나 사내 오피스 프로그램을 실수 없이 척척 해나가는 건 그렇지 않은 것보다야 낫겠지만, 나라는 존재에 있어서는 과연 얼마나 유용할까?

직장인이 되고 나면 하루 중 깨어 있는 시간의 대부분은 일을 하면서 보낸다. 매일 같은 시간에 눈을 뜨는 건 출근을 위해서다. 점심시간이 되면 일단 뭐라도 좀 먹어 둬야 하는 것도 일을 하기 위해서다. 술도 마시고 친구들과 수다도 떨면서 밤의 끝자락을 붙잡고 싶지만 그러지 못하고 침대 속으로 기어들어 가야 하는 것도 역시, 회사 때문이다.

하루치의 에너지를 몽땅 사무실에 쏟아붓고 집으로 돌아오는 길이면 온갖 질문들이 걸음마다 따라붙는다.

내가 지금 하고 있는 이 일이, 나한테 어떤 영향을 미칠까. 10년 후, 5년 후, 아니 다섯 달 후의 나에게 어떤 것을 남길까.

내가 진짜로 하고 싶은 일이 이걸까.

내 이상과 현실은 얼마나 동떨어져 있을까.

이 일은 내가 아니면 안 되는 걸까.

아니면 누구라도 할 수 있는 걸까.

거꾸로 생각해서 나는 이 일이 아니면 안 되는 걸까.

아니면 무슨 일이라도 괜찮은 걸까.

일을 하면서 '나'를 생각하는 것, '나'를 지키려고 하는 것은 괴롭다. 마음속으로는 하고 싶은 것들이 많고, 조용히 나 자신의 내면을 들여다보고도 싶다.

하지만 당장에 일을 그만둘 수 있는 게 아니며, 심지어 밤늦게까지 야근을 하느라 귀가하자마자 곯아떨어지기 일쑤다.

아마도 속 편히, 일 속으로 쑤욱 들어가면 편해지리라. 무겁게들고 있던 '나'에 대한 생각들을 짐처럼 내려놓으면 된다. 밖에서나를 끌어내리려는 힘이 없으니, 일에 몰입하기 좋고 성과도 더 잘나올지 모른다.

알베르 카뮈가 쓴《시지프 신화》(책세상, 1997)를 보면 이런 구절이 있다.

오늘날의 노동자는 그 생애의 그날 그날을 똑같은 일에 종사하며 산다. 그 운명도 시지프에 못지않게 부조리하다. 그러나

운명은 오직 의식이 깨어 있는 드문 순간들에 있어서만 비극
적이다.

시지프(시시포스)는 신화 속 인물로, 신에게 맞섰다는 이유로 거
대한 바위를 산꼭대기까지 밀어 올리는 일을 평생 반복해야 하는
비극적인 삶을 산다. 산꼭대기까지 무거운 바위를 밀어 올리면 바
위는 굴러떨어지고, 그 바위를 다시 밀어 올리고…. 정말 매일 일
터로 나가는 우리 삶과 비슷하다.

카뮈가 "오직 의식이 깨어 있는 드문 순간들에 있어서만 비극적
이다"라고 한 것처럼, 삶을 들여다보고 나를 찾으려는 상태는 어쩌
면 고통을 자처하는 것일 수도 있다.

하지만 뒷부분에서 이런 문장을 발견했다.

시지프의 말 없는 기쁨은 송두리째 여기에 있다. 그의 운명은
그의 것이다. 그의 바위는 그의 것이다. 이와 마찬가지로 부
조리한 인간이 자신의 고통을 응시할 때 모든 우상들은 침묵
한다.

반복되는 삶 속에서 자기 자신을 똑바로 응시할 힘을 잃는다면 그 사람은 점점 투명해질지도 모른다.

안다.

'자아' 같은 걸 생각하고 얘기하는 게, 일을 하고 일상을 살아가는 데 걸리적거리는 이물질처럼 느껴질 거란 걸.

자꾸만 쓸리고 상처를 만들어서 아프게 할 거란 걸.

《달과 6펜스》의 주인공 찰스 스트릭랜드는 마흔 살이 돼서야 주식 중개인이란 직업을 때려치우고 그림을 그리기 시작했다. 이제는 고인이 되신 박완서 작가님도 마흔 살에 《나목》이라는 장편소설로 등단했다.

개인적으로 좋아하는 은희경 작가는 삼십대의 어느 날 "이렇게 살다 죽고 말지" 하는 생각이 들어 긴 휴가를 내고 노트북 하나와 함께 산으로 들어갔다고 한다.

그들이 그 오랜 시간 동안 자신을 들여다보며 괴로워했을 모습이 그려진다.

그렇게 이물질을 뱉어내지 않은 조개만이 진주를 만들 수 있다.

우윳빛의 탄산칼슘 결정이 겹겹이 쌓이는 시간만큼 괴로움도 있겠지만, 그걸 품고 있어야 뭐라도 만들어낼 수 있지 않을까.

그래서 나는 오늘도 끝나지 않는 질문들을 계속 안고 가려고 한다. 물론 맡은 일은 성실히 해내면서!

고양이와
산다는 것

무언가를 사랑하는 일 끝에는 결국 늘 그 자리에,
그러니까 '그냥' 있어줄 존재를 얻는 일이 있다고
믿는다. 고양이처럼.

고양이는 매력적이다.

누구라도 고양이를 좋아하지 않을 수 없을 것이다.

하지만 아무리 좋아도 고양이를 키우고 싶진 않았다. 아니, 고양이가 아니라 어떤 동물도 키우고 싶지 않았다. 극단적으로 말하자면, 나는 애완하는 편보다는 애완당하는 편이 더 어울리는 쪽이다.

그런 내가, 지금 고양이 두 마리와 함께 산다.

어쩌다 보니 그렇게 되어버렸다.

두 고양이는 놀라울 정도로 성격이 전혀 다르다.

첫째 '요미'는 세상에서 제일 겁이 많은 고양이로, 일단 새로운 것은 뭐든 무서워하고 본다. 집에 손님이 찾아오면 그 사람이 돌아갈 때까지 두 시간이고 세 시간이고 절대 밖에 나오지 않는다. 심지어 내가 새 옷을 입기만 해도 놀라 줄행랑친다.

반면에 둘째 '쿠키'는 고양이가 맞는지 의심스러울 정도로 '개' 같다. 내가 부엌에 가면 부엌으로, 침대에 가면 침대로 따라온다. 화장실에 가면 화장실 앞에 앉아 기다린다. 다른 짓을 하다가도 이름을 부르면 냉큼 달려온다. 가끔 면봉을 물어 오는데 던져주면 아주 좋아하면서 다시 물어 온다.

내가 뭔가를 하고 있으면 쿠키는 옆에 와서 '우와, 우와!' 하며 신나하고, 요미는 멀찍이서 '으앗, 으앗!' 하면서 무서워하는 식이다.

두 마리가 하도 달라서 다른 사람들에게 "고양이는 이렇더라" 하고 말할 수도 없다. 실은 알았다 한들 어쩔 수 있는 일도 아니다.

내가 생각하는 고양이의 이상과 다르다고 이 녀석들을 어디 내버리거나 다른 녀석으로 바꿔 오는 건 불가능하기 때문이다.

사실 나는 정리 정돈도 못하고, 식물이든 동물이든 뭔가를 돌보거나 보살피는 일도 잘 못한다. 게다가 책임감도 별로 없다. 고양이를 키우기에 전혀 적합한 인간이 아니다.

누군가와 살기에도 적합한 인간이 아니고, 심지어 혼자 살기에도 그다지 적합한 인간이 아니다(쓰다 보니 내 미래가 조금 암울한 것 같지만).

그런 내가 지금 막 침대 왼편에 쌓아둔 책을 바닥으로 떨어트리는 고양이1, 발치에서 양말을 물어뜯는 고양이2와 함께 살고 있다.

이렇듯 살다 보면 일어나지 않을 법한 일도 종종 일어난다.

물론 고양이 입장에서도 '저 인간은 잘 놀아주지도 않고, 심지어 밥 챙겨주는 것도 자꾸 까먹잖아' 하면서 불평을 할지 모른다. 그러고 보니 어느 연구 결과에 따르면 고양이들은 인간을 '덩치가 조금 크고 다르게 생긴 고양이'로 인식한다고 하던데. 나야말로 저

녀석들에게 '세상에서 제일 괴상한 고양이'로 비춰지는 건 아닐까.

아무튼 고양이를 기른다고 해서 크게 달라진 점은 없다.

가끔 부러움을 사기도 하는데, 별로 그럴 일은 아니다. 의외로 엄청나게 말썽을 부리고 무척 귀찮기 때문이다. 그렇다고 불편만 주느냐 하면 그것도 아니다. 늦은 밤 싸늘한 집에 들어와야 할 때나 주말 오전에 혼자 아파 끙끙 앓아야 할 때, 그럴 땐 살아 있는 무언가가 같은 공간에 있다는 것만으로도 위안이 된다.

처음엔 이것들하고 남은 인생을 어떻게 같이 사나, 여러 번 막막했다. 고양이를 키우기 전까지의 나는, 아이를 낳아 기르는 것은 물론이고 누군가와 함께 사는 일 따위 못 할 것이라 생각했던 인간이었기 때문이다.

하지만 혼자 밥도 못 챙겨 먹는 이 두 생명체랑 살다 보니 이젠 뭐 못 할 일도 아니겠다 싶다. 겁먹었던 것보다 쉬웠다. '이 정도라면 결혼도 육아도 하려면 할 수 있겠는데?' 그런 마음이 들 정도로.

간단하게 말하자면 연애랑 비슷했다.

예기치 못한 순간에 어떤 생명체를 만나고, 그 존재가 내 삶 안으로 순식간에 들어온다. 처음에는 예쁘고 귀엽고 사랑스러워 죽겠다. 하지만 곧 말썽을 부리고 문제를 잔뜩 일으킨다. 부딪히는 부분들을 조율한다(고양이의 경우에는 일방적으로 내 쪽에서 양보해야 했지만).

그 이후엔?

그냥 같이 지낸다.

연애의 결말이 '그냥 같이 지낸다'는 것이 슬프게 읽히는 사람들이 많을 거라 예상한다. 요즘 이십대 중반의 연애분자(?)들에게 분리불안장애라든가 뜨거운 사랑과 지루한 일상 사이의 부조화 문제에 대해 많이 들었다. 물론 내 경우엔 훨씬 더했으니까 할 말은 없지만.

나는 곧잘 이렇게 말한다.

"그건 아무것도 아니야."

아무것도 아니라는 건, 연애를 비하하려는 뜻이 아니다.

단지 그것은 하나의 지점일 뿐이고, 인생을 완전히 변화시킬 일이 아니라는 얘기다.

무언가를 사랑하는 일 끝에는 결국 늘 그 자리에, 그러니까 '그냥' 있어줄 존재를 얻는 일이 있다고 믿는다.

고양이처럼.

무라카미 하루키가 자신의 저서 《잡문집》에 실은 결혼 축사를 읽은 적이 있다. 축사를 받은 사람은 '가오리' 씨(내가 좋아하는 작가 에쿠니 가오리? 하지만 확인할 길이 없다). 그는 자신도 한 번밖에 결혼한 적이 없어서 자세한 것은 잘 모르겠다며, 시작부터 애매모호한 소리를 한다. 결혼이란 것이 좋을 때는 아주 좋다며 긍정적인 얘기를 하는가 싶더니 별로 좋지 않을 때는 딴생각을 떠올리려 한다는 조언 아닌 조언까지 곁들인다.

결국 그의 결론은 한 가지다. 결혼이란 좋지 않을 때도 있지만, 좋을 때는 아주 좋다는 것.

사실 인생이라는 것도 마찬가지다. 고양이를 키운다고, 연애를 시작했다고, 취업을 한다고 해서 모든 게 좋아지는 건 아니다.

당연하지 않은가. 사랑에 빠졌다고 그때를 기점으로 모든 게 좋고 행복해질 리가 없다.

이런 말을 하면 누군가는 이렇게 생각할지도 모른다.

적어도 그전보단 나아지지 않겠어? 외롭지도 않고.

음, 정직하게 답하자면 별로 그렇지 않다. 외로움은 해결되는 종류의 것이 아니다.

물론 그 사람 때문에 그전보다 좋아지는 부분도 있겠지만, 동시에 그 사람 때문에 더 나빠지는 부분도 생긴다. 고양이를 키우게 되어서 그전보다 나빠진 부분(위생 문제라든가 비싼 귀걸이 한쪽이 사라진다든가)만큼 그전보다 좋아진 부분이 분명 있는 것처럼.

그렇게 보면 모든 것에 한결 너그러워진다. 사람이든 고양이든, 예기치 못한 순간에 마주쳐서 함께 지내게 된다. 그러다 보면 좋을 때는 아주 좋고, 좋지 않을 때도 있지만 어쩔 수 없다.

이렇게 생각하는 나를 조금 무심하다고 여길까?

하지만 이런 마음이 있기 때문에 나를 할퀴거나 상처 내고 내

소중한 물건(혹은 마음)을 망가트려도, 시간이 조금 지나면 또 머리를 쓰다듬을 수 있는 여유가 생긴다고 생각한다.

그러니 우리 모두 고양이에게도, 애인에게도, 친구나 가족에게도 '그저 거기 있고 함께 지내는 것' 외에 다른 것은 부디 요구하지 말았으면 좋겠다. 어차피 인간도 고양이처럼 제멋대로인 생명체인 건 마찬가지니까.

비성년에 대한 변호

언젠가 어른이 될지도 모른다.
적어도 그전까지는, 마음껏 비성년이었으면
좋겠다. 성년 '아님'을 선택하고 있는 스스로의
용기를 응원해줬으면 좋겠다.

얼마 전, 자신의 관계 중독에 대해 고민하는 아이의 말을 듣다가 "그래, 나도 그런 때가 있었거든"이라고 답한 후 아차 싶었다.

어쩌면 어떤 것에 대한 중독은(특히나 인간에 대한 것) 청춘의 불치병이다. 중독되지 않은 사람이나 중독되지 않으려 버둥대거나 노심초사하는 사람에겐 부패의 그늘 같은 게 비친다. 그들의 쿨함은 그 자체로 노화되어 있다는 걸 안다.

그런데 내가 방금 그러한 산뜻함을 내세우며 어른인 척 대답하다니!

직업이 직업인지라, 대학생들을 대할 일이 많다.

처음엔 혼자 속으로 귀여워 죽겠다며 발을 동동 구르곤 했다. 모두들 자기가 가진 특별함 때문에 어쩔 줄 몰라 하는 것처럼 보였다. 사실 객관적으로 보자면 그 특별함이라는 것은 별로 특별하지 않은, 인간이 지닌 여러 특성 가운데 하나인 편이다.

하지만 미성년에서 성년으로, 순식간에 내던져진 대학생 아이들은 갑자기 시작된 '존재 인식' 때문에 마음이 바빴으리라 생각한다. 성년이 될 준비도 되어 있지 않고, 아직 되고 싶은 생각도 없을지 모른다. 그런 아이들이 택하는 성년과 미성년의 중간 지점 혹은 그 두 지점을 약간 비껴간 어딘가가 있지 않을까 하고 늘 짐작해왔다.

그런데 신해욱 시인은 그 지점을 발견했다. 그녀의 에세이 《비성년열전》(현대문학, 2012)을 살펴보자면 이렇다.

成年이란 말에는 움직임이 내포되어 있다. 움직여서 인간의 세계에 성공적으로 진입하여 권리를 행사하고 의무를 이행하게 된 이들을 성년이라 부른다. '아직' 그렇게 되지 못했으되 이제 그렇게 될 이들을 미성년이라 부른다. '이미' 그렇게 되지 않은 이들은, 그러니 비성년이라 부르기로 하자. 미성년은 대기 중이고 비성년은 열외에 있다.

물론 그녀가 언급하는 비성년들은 지금의 현실 세계에 있지 않다. 《호밀밭의 파수꾼》의 홀든 콜필드처럼 소설 속에 있거나 〈신성일의 행방불명〉의 신성일처럼 영화 속에 있다. 혹은 프란츠 카프카나 알프레드 메흐란처럼 머나먼 과거에 있기도 하다.

그들은 끝까지 (현실이든 작품 속이든) 백 퍼센트의 '비성년'으로 남기 때문에 녹록지도 범상치도 않은 삶을 산다. 그것이 강렬하다.

재미있게도 나는, 그런 비성년들의 이야기를 읽으면서 주변의 대학생 아이들이 생각났다. 더 이상 미성년일 순 없지만 아직 성년이 아닌 채로, 다들 비성년의 증세를 앓고 있었다.

그런데 문제는 비성년의 상태가 꽤 고통스럽다는 부분에 있다.

사회질서에 어서 빨리 편입해야 할 것 같은데, 많은 사람에게 인정받고 싶은데, 성공하고 싶고 번듯하고 싶은데, 그럴 수가 없다. 아직 사회가 낯설고 질서가 어렵다. 이 불편한 상태를 벗어나기 위해 자꾸만 외부를 내부로 끌어들인다. 쉽게 말해 남과 닮아가면서 성년이 되어가는 것이다.

시인은 이에 대해 "만약 이 뉘앙스가 그저 한 시대의 편견이 아니라 일말의 진실을 담고 있는 것이라면, 그것은 우리가 마이너스적 방식으로써만 제대로 된 인간이 된다는 뼈아픈 역설에 연루되어 있기 때문일 것이다"라고 설명한다.

대학생들도 이 방식의 '마이너스적' 요소를 알고 있다. 자신이 가진 특별함을 버려야 하기 때문이다.

그것은 앞선 아이의 고민처럼 관계 중독일 수도, 남다른 감정 기복일 수도, 돈이 되지 않는 어떤 창작욕일 수도, 독특한 애정 방식일 수도 있다.

형태는 다양하지만, '이것'들을 버려야 제대로 된 어른이 될 수 있을 것만 같다는 점은 동일하다. 하지만 '이것'이 없는 나는 내가 아닐 것 같기도 하다.

언젠가 어른이 될지도 모른다.

아니, 아마 그럴 것이다.

이 글을 읽는 비성년들이 사회 밖에서 외로움과 괴로움을 느끼며 살아가길 바라지 않기에, 조금 서글프지만 나는 모두가 무사히 성년이 되길 바란다. 나 또한 그럴 수 있길 바란다.

하지만 적어도 그전까지는, 마음껏 비성년이었으면 좋겠다. 성년 '아님'을 선택하고 있는 스스로의 용기를 응원해줬으면 좋겠다. 더 크면 별스러울 것 없는 특별함들을 마구 으스대기도 하면서 말이다.

그러고 나선, 그렇게 보낸 비성년의 한 시절을 가장 중요한 곳에 꼭꼭 숨겨두길 바란다. 무시무시한 '성년의 문'(같은 게 있을 리 만무하지만, 현실적으로 취업을 하고 결혼을 하고 부모가 되는 시기)을 통과할 때 들키지 않도록. 그런 다음에 성년의 세계에 숨겨 온 비성년의 시절들을, 목화씨를 들여온 문익점처럼 몰래 심어보는 거다.

혼자선 좀 어렵겠지만, 내 친구들과, 같은 세대들과, 우리 모두와 함께라면 개중 몇 개는 말끔한 성년의 세계에 은밀하게 퍼지는 멋진 질병이 될 수도 있지 않을까?

그렇다면 견고한 '사회와 질서의 문'에 커다란 개구멍이 하나둘 쯤 생길지도 모를 일이고, 사오십대가 청춘처럼 살아도 되는 시대 가 올지도 모른다.

일기를 빙자한
소설놀이 중

듣는 둥 마는 둥 하며 영혼 없이 맞장구를
쳤던 이야기들, 스쳐 갔던 사람들의 행동과
눈빛들이 글을 쓰면서 하나의 방향으로
모아지기 시작했다.

인간을 둘로 나눌 수 있는 기준은 무궁무진하다.

그중 하나를 꼽아보자면 '일기를 쓰는 인간'과 '일기를 쓰지 않는 인간'이 있다.

내 경우는 전자다.

매일매일 쓰는 것도 아니고 꼬박꼬박 날짜를 맞춰가며 쓰는 것도 아니지만, 어쨌거나 지속적으로 쓰고 있다.

일기장으로는 주로 검은색 하드커버 몰스킨을 선택한다. 얼마 전까지 종이를 위로 넘기는 리포터 노트를 쓰다가 유선 노트로 바꿨다. 벌써 다섯 권째.

한 권은 여행 중, 비행기에 놓고 내렸는데도 다시 내 손으로 돌아왔다. 기특한지고.

일기를 쓰는 것의 최고 장점은 '쓴다'는 것이다.

엥? 약간 어이없게 들릴 수도 있겠다.

뭔가를 써서 완성해본 사람이라면 알 수 있겠지만, 쓴다는 건 쉽지 않다. 쓰기 위해 자리에 앉기까지가 가장 어렵고, 그걸 반복하고 지속하는 건 더더욱 어렵다. 리포트나 졸업 논문을 떠올리면 간단하다.

하지만 일기는 그런 괴로움에서 약간 벗어나 있다. 주저리주저리 뭐라도 쓴다. 그러고 나면 (비록 일기지만) '오늘도 뭔가를 썼다'는 뿌듯함을 가질 수 있다.

내가 정말 쓰고 싶어 하는 소설도, 일기처럼 쉬운 마음으로 쓸 수 있다면 얼마나 멋질까?

　작가 존 버거는 《그리고 사진처럼 덧없는 우리들의 얼굴, 내 가
슴》(열화당, 2004)이라는 책에 이렇게 썼다.

　　　인생을 산다는 것은 소설을 집필하는 것과 같다는 생각이 널
　　　리 퍼져 있다. 합리주의는, 자연의 법칙은 피할 수 없이 기계
　　　적이라고 말하면서 이런 생각을 배척해 왔다. 그러나 최근의
　　　과학적 연구 결과는 우주의 운행 과정이 기계보다는 두뇌의
　　　그것과 유사하다는 쪽으로 나타나고 있다. 너무 심하게 의인
　　　화한다고 많은 과학자들이 항의하겠지만, 그 '두뇌'를 작가로
　　　간주하는 일 또한 다시금 설득력을 얻고 있다. 이렇듯 소설 쓰
　　　기의 형이상학은 단순히 문학적 관심에 머물기를 거부한다.

　　그는 여기에 "소설을 읽는 사람들은, 하나의 렌즈를 통해 보듯,
모든 것을 본다. 이 렌즈야말로 소설 작법의 비밀이다. 렌즈는 덧
없음과 영원 사이에서 매 소설마다 새롭게 연마된다. 우리 작가들
이 죽음의 서기(書記)들인 것은, 죽을 수밖에 없는 짧은 삶 속에서

이 렌즈들을 연마하는 자들이기 때문이다"라고 덧붙였다.

이토록 멋진 말이라니!

'덧없음과 영원 사이에서 매번 새롭게 연마될 수 있는 렌즈, 세상을 바라보는 여러 방식 중 유일한 나의 렌즈를 가질 수만 있다면…' 하는 욕구가 강하게 들었다.

그래서 소설을 써보려고 또 한 번 아등바등했지만 이내 포기하고 말았다. 내 깜냥에는 고작 일기군, 하면서….

그러다 여행을 갔다. 이제까지 한 번도 가보지 않은 도시였고, 일정은 화려했고, 함께 여행하는 사람들은 나름 유명세를 떨치고 있는 사람들이었다. 흥미로워 보였다.

하지만 현실은, 그곳에 있는 모든 게 시들시들했다. 나는 커피에 곁들인 각설탕이나 바게트와 함께 놓인 버터처럼 얌전히 '존재'만 하고 있었다.

해도 지기 전, 습기로 눅눅해진 베개에 머리를 대고 멀건 하늘만 바라보며 생각했다. 스케일이 큰 이야기에서 조연을 맡는 것과 소소한 이야기에서 주연이 되는 것, 둘 중 어느 게 더 좋을까.

물론 '모두가 자기 인생의 주인공'이라는 (상투적인) 말이 있다.

어느 정도 공감은 간다. 하지만 살다 보면 때론 내가 조연처럼 느껴지기도 하고, 때론 나만이 주연처럼 느껴지는 순간이 있지 않은가.

'아마 지금 이곳에 있지 않다면 가족들과 둘러앉아 맥주에 TV 쇼를 곁들이고 있었겠지' 하는 생각이 들었다. 출연자는 단 네 명뿐인 작은 이야기지만, 확실한 주인공이 되어 있었을 텐데.

예전의 나라면 조금이라도 큰 세상을 경험하기 위해 조연도 마다하지 않았겠지만 지금은 작더라도 주연이 되는 삶에 마음이 쏠린다. 하지만 내 여행처럼, 훌륭한 경험이 되리라 생각했던 것이 실제로는 시시한 일이 되기도 하고, 주연이 될 줄 알았는데 별 볼일 없는 모습만 보이게 될 때도 있다.

그러니 주연인지 조연인지보다는 그 세상 속에서 '내가 어떤 역할을 하게 될 것인가'를 가늠해보는 것이 더 나은 일이다.

물론 더 좋은 역할보다는 더 잘 어울리는 역할로.

결국은 미적지근하게 끝난 여행에서 돌아온 밤, 여느 때와 똑같이 일기를 썼다. 그 도시의 첫인상, 사람들의 시답잖은 농담과 자그락거림, 예상과 달리 감흥이 없던 음식들의 맛까지 (내게 여행에서 음식은 중요도 1순위다) 세세하게 적고 있는 날 발견했다.

밤의 술자리에서 오갔던 대화들은 어느새 나의 시선으로 재편집되고 있었다. 그 순간에는 듣는 둥 마는 둥 하며 영혼 없이 맞장구를 쳤던 이야기들, 스쳐 갔던 사람들의 행동과 눈빛들이 글을 쓰면서 하나의 방향으로 모아지기 시작했다. 등장인물들은 캐릭터를 부여받았고, 이야기는 몇 가지 결론과 생각할 거리를 남긴 채 마무리됐다.

이게 일기야, 소설이야?

웃음이 났다.

이걸 진즉 알았다면 좋았을걸.

여전히 소설을 쓰고 싶은 마음은 있지만, 잘되지 않는다고 무작정 체념할 필요는 없었다. 소설가가 되지 못해도 괜찮다.

이렇게 글쓰기를 통해 렌즈를 갖게 된다면 주연도 조연도 될 필요 없잖아. 관찰자, 다시 말하면 '내 인생의' 작가가 되는 거니까.

우주를 운행할 수 있는 힘을 갖는 거니까.

어떤 순간이 와도 괜찮다. 뒤로 한발 쓱 빠져서, 사람들의 대화부터 그 장소의 공기까지 모든 걸 머릿속에 주워 담으면 된다. 지루한 건 지루한 대로, 충격적인 건 충격적인 대로, 행복한 건 행복한 대로 유의미하다.

물론 그렇게 쓰인 일기들이 멋지거나 아름답거나 대단하진 않을 거란 걸 안다. 오히려 모순투성이에 엉망진창일 가능성이 많다.

그럼 어때?

동화처럼 해피엔딩으로 끝나는 것보다는 그쪽이 훨씬 매력적일 것이다. 쓰는 것도 읽는 것도 나 하나뿐이지만 좋다. 나는 덧없음과 영원 사이에서 매번 새롭게 연마되는 것, 그걸로 족하니까.

요리 말고
요리책 중독

내가 진짜로 요리를 좋아하는 게 아니라는 걸
깨닫는 데는 그리 오래 걸리지 않았다.
요리는 이벤트가 아니라 생활이다.

책장에 요리책이 참 많다. 내 요리 실력에 비한다면, 어마어마하
게 많다. 한때 '요리책 병'에 걸린 탓이다.

이 병에 걸리면 요리책을 손에서 놓지 못한다.

서점에 가면 요리책 코너부터 들러서 기초 요리, 브런치, 샐러
드, 일본 요리, 심지어 주스에 대한 책까지 열심히 산다. 자기 전에
도, 심심할 때도 자연스레 요리책을 꺼내 든다.

그렇다고 그 레시피에 전부 도전하느냐?

글쎄올시다.

시작은 음식에 관한 에세이였다. 글로 적힌 음식의 맛과 향은 실제의 것보다 생생했다. 장소나 함께한 사람에 대한 에피소드가 착 달라붙어 있는 탓에 심지어 먹어본 적 없는 음식이라도 구미가 당겼다.

특히 그 음식을 만들어내는 과정을 담은 글이라면 더 그랬다. 보글보글 끓여내는 스튜 안에 무슨 재료가 어떤 순서로 들어가는지, 그러면서 그 색과 냄새가 어떻게 바뀌는지 세세하게 묘사한 문장을 읽고 있노라면 부른 배도 도로 고파질 지경이다.

혹시 나도 이런 걸 만들 수 있지 않을까 싶어서 요리책을 사게 되는 건 어쩌면 당연한 수순일지도 모른다.

처음 샀던 요리책의 주제는 '계란'이었다. 어느 집 냉장고든 몇 알쯤 있는 그 계란 말이다.

책에서는 계란 한 알이 몸을 말아 오므라이스가 됐다가, 닭고기

사이에 스며 오야코동이 됐다가, 야채가 콕콕 박힌 모습으로 파이
가 됐다가 하며 끝없이 새로운 모습을 보여줬다.

　그렇다고 해서 우리 집 냉장고에 있던 계란, 그러니까 싹이 조
금 자란 양파와 시든 시금치, 모서리가 말라붙기 시작한 치즈들 사
이에 자리 잡은 그 계란들이 모두 '짜잔' 하고 멋진 모습으로 변신
한 건 아니다. 대부분이 삶은 계란이나 계란 프라이가 되는 것에서
만족해야 했고, 그런 희망조차 갖지 못했던 것들은 유통기한이 지
나 쓰레기통에 버려졌다.

　물론 성과가 아주 없었던 것은 아니었다. 요리책을 보고 나서부
터 재료들의 '발전 가능성'을 보게 되었으니까.

　발전 가능성이란 자소서에만 쓰는 단어인 줄 알았는데…. 이 식
빵이, 이 가지가, 이 우스터소스가 요리를 거쳐 어떤 음식이 될 수
있을지 가늠할 수 있는 눈이 생긴 것이다.

　그건 아주 재미있는 일이었다. 더불어 매우 위험한 일이기도 했
다. 마트에 가면 어쩐지 모든 요리를 할 수 있는 요리사가 된 듯 카
트를 가득 채우게 된다는 점에서.

하지만 내가 진짜로 요리를 좋아하는 게 아니라는 걸 깨닫는 데는 그리 오래 걸리지 않았다.

요리는 이벤트가 아니라 생활이다.

예를 들어, 어느 날 저녁 동생과 먹으려고 포크 스튜를 만든다. 그러고 나면 토마토와 돼지고기, 양파, 칠리소스 등이 남게 된다. 이 재료들로 다음 끼니에는 무엇을 만들 것인지 머릿속에 쓱쓱 그려져야 한다. 하지만 나에게는 그런 대단한 능력 따윈 없어서, 남은 재료들은 그저 쓰레기통으로 향하기 일쑤다. 그러면서도 요리책을 보고 있으면 이것도 만들어보고 싶고 저것도 해보고 싶어 발걸음은 금세 마트로 향한다.

이 순서가 반복되자 자괴감이 점점 심해지는데도 도저히 손에서 요리책이 떨어지질 않았다.

그러니 인정할 수밖에.

내가 빠져 있는 것은 요리가 아니었다. 요리책이었다.

왜 하필 요리책인가. 그것에 대해 수많은 날을 요리책을 읽으며 고민했다, 면 거짓말이지만 진심으로 궁금했다.

　사실 우리 엄마는 요리를 무척 못한다(엄마, 미안). 그러니 내게 요리왕 유전자가 있을 리 만무하다.

　그런데도 책을 들여다보며 마음에 드는 레시피를 골라 요리하는 걸 상상하는 일은 즐거웠다. 아니, 즐거움 그 이상의 무언가가 거기 있었다. 단지 양파, 마늘, 물, 밀가루였던 것들이 머릿속에서 특정한 형태와 맛, 색, 향을 갖추어갔다. 놀라웠다.

　과장이 아니라, 언제나 단어나 문장으로 뭔가를 생각하는 나에게는 어떤 물건이 과정을 거쳐 다른 형태로 변화되는 순간이 늘 경이롭다.

　요리뿐 아니라 그림이나 조각, 꽃꽂이, 바느질 같은 것들.

　그러니까 몸, 그중에서도 손을 사용해 뭔가를 만들어내는 일에 난 몹시 약하다. 그래서 더욱 쉽게 반해버리고 만다.

　나로 말할 것 같으면 열 살 전후의 그림 실력을 가지고 있어 직선과 도형만으로 모든 그림을 완성한다. 나무는 동그라미 아래 길고 가는 직사각형, 태양은 동그라미 주변에 여러 개의 직선을 그리는 정도랄까.

이런 내게 의자를 의자 모양 그대로, 책상을 책상 모양 그대로 기억해서 흰 종이 위에 그려내는 사람의 능력은 동경의 대상이다. 내가 단지 월넛 색상의 나뭇결이 그대로 살아 있는 그 책상은 정사각형의 상판을 가지고 단정히 서 있었다고 기억하는 모습을 그 사람들은 한마디 단어 없이 그대로 재현할 수 있다.

그렇다면 그들의 눈과 감각에는 내가 가지지 못한 특별함이 있지 않을까?

언어를 거치지 않고 장면을 그대로 기억하는 감각이라니.

갖고 싶어 안달이 난다.

그런 내게 요리책은 희망을 보여줬다. 나도 뭔가 만들어낼 수 있다는 희망을. 언어를 거치지 않고 내 손으로 오롯이 한 그릇의 뭔가를 만들어낼 수 있다는 희망을.

요리책을 읽고 있으면 그 과정이 머릿속에서 고스란히 그려진다. 그게 제아무리 대단한 요리, 그러니까 미트 로프라든가 홍차 쉬폰 케이크 같은 것들일지라도 얼마든지 만들 수 있을 것만 같다.

물론 그게 대단한 건 아니다. 고작해야 한 그릇의 요리, 한 장의 그림, 하나의 조각일 테지.

하지만 두 손을 움직여 무언가 하나의 결과물을 만들어낸다는 건, 그게 아무리 작은 창작이라 해도 일상에는 큰 위로가 된다.

이것저것에 치여 내가 이 세상의 부품으로 느껴질 때, 사람들 사이에서 부록처럼 끼여 있다 날이 저물어 어둔 방으로 돌아왔을 때, 마음처럼 되는 일이 하나도 없을 때, 책 속의 레시피 하나 골라 음식을 만든다. 썰고, 다지고, 끓이고, 익히며 요리를 완성해나가는 단순한 과정 속에서 신기하게도 나 자신의 존재를 확인하게 된다.

아마 그림도, 목공도, 바느질이나 뜨개질도 마찬가지 아닐까.

그런 순간이 불러일으키는 충만함은 퍽퍽한 일상을 살아가는 누구에게나 필요하다.

그래서 나는 오늘도 그 감각을 그리워하며 요리책을 손에서 놓지 못한다. 이런 거라면 평생 요리책 중독자로 살아도 나쁘지 않겠다.

덧붙여 말해두자면, 내가 만든 음식, (이제는) 꽤 맛있다.

흰 종이 속,
검고 작은 씨앗들

지금 읽고 있는 이 책 속의 문장들은 내가 죽고
이 세상에서 사라져도 여전히 존재하겠지.
책을 읽다 말고 그런 생각이 들 때가 있다.

열 살 무렵, 책을 펼쳐 얼굴 위에 덮은 채로 낮잠을 자는 날이
많았다. 그만큼 책 냄새를 좋아했다. 낡은 책들에게서 나는 독특한
냄새가 특히 좋았다.

묵은 종이와 잉크가 버무려져 풍겨오는 짙고도 싸한 향.

오래될수록 더 마음에 드는 냄새가 났기 때문에, 나는 세로줄에
한문이 섞인 책들을 자꾸 끄집어 펼쳤다. 이해하지도 못하는 그 책

들에 얼굴을 품고 스르륵 잠이 들었다. 마치 책장 속으로 빨려 들어가는 느낌이었다. 그러다 얼핏 잠이 깨면 몸속 가득히 종이 냄새가 들어찬 것 같았고 한없이 나른했다.

어쩌면 그때가 나의 사춘기였을지도 모른다.

혼자 있을 때는 뭐든 닥치는 대로 읽었다. 현실에서 도피해 이야기 속으로 숨을 수 있단 사실이 안락했다.

가장 싫어하는 수학 시간에는 교과서 사이에 《작은 아씨들》을 끼워 읽었다. 그중 조를 제일 좋아해서 머리를 짧게 자르고 싶었지만 엄마가 허락해주지 않았다.

《테오의 여행》 시리즈를 읽던 밤에는 얼른 자라는 엄마의 독촉에 불 끄고 잠든 척했다가 이불을 뒤집어쓰고 계속 읽었다. 이야기가 어떻게 될지 궁금해서 멈출 수가 없었다. 그렇게 이틀 만에 시리즈를 전부 읽어치웠다.

부모님 방에서 《실락원》을 처음 봤던 날도 기억한다. 엄마 아빠 침대 위에 배를 깔고 누워 읽기 시작했는데 내용이 점점 야릇해져갔다. 책을 몰래 내 방으로 가지고 들어와 계속 읽었지만, 부모님이 퇴근할 시간이 되자 불안을 못 참고 제자리에 돌려뒀다. 그런 행동을 두 번 정도 반복했지만 결국 끝까지 읽지 못했고, 야한 내용보다는 그때의 나쁜 불안감이 더 강렬하게 남았다.

그렇게 손에 잡히는 대로 읽어온 터라 책을 아무렇게나, 빨리 읽는 버릇이 들었다. 동시에 여러 책을 읽는 습관도 생겼다. 물론 나와는 달리 같은 책을 여러 번 반복해서 읽는 사람들이 있다. 끈기 있는 사람들이라고 생각한다.

나는 대체로 책이든 영화든 한 번 보고 나면 크게 호들갑을 떤 후에, 잊고 만다. 이미 내용이며 전개며 '다 알아버렸다'는 기분이 들어서 '다음번에 또 읽어야지' 하는 마음은 들지 않는다.

그래도 혹시나 다시 읽을 때를 대비(?)해서 마음에 드는 부분이 있으면 페이지 끝을 살짝 접어둔다. 이미 알고 있(다고 생각하)는 내용을 또 읽기 싫어하는 나의 귀차니즘을 위해 '이쯤 네가 좋아했던 무언가가 숨겨져 있어' 하고 표시를 해두는 거다.

그런 책들이 책장에 하나둘 늘어가니, 읽었던 책을 다시 집어드는 횟수도 절로 늘어났다. 그리고 깨달았다.

사람이든 책이든 뭐든, 다 안다고 생각하는 건 대단한 착각이라는 것을.

어떤 순서로 내용이 전개되는지 알고 있다는 사실은 (거의) 의미 없었다. 그 문장을, 그 이야기를, 지금 이 순간의 내가 어떻게 받아들이느냐. 그것만이 중요했다.

책은 한번 만들어지면, 그 모습 그대로 존재한다. 그 안의 이야기들은 종이 위에 새겨진 채 바뀌지 않는다. 5년 후, 10년 후, 50년 후에도, 그 책은 '그 책'인 것이다. 《데미안》은 '데미안'이고 《마담 보바리》는 '마담 보바리'이며 《밤이 선생이다》는 '밤이 선생이다'인 것처럼.

변화는 다른 곳에 있다.

읽는 '나'가 시간이 지나면서 달라질 뿐이다.

사랑에 빠지거나 이별을 겪으면서 애정에 대해 다른 시각이 생기기도 하고, 인간에 대해 몰랐던 혹은 몰랐으면 좋았을 사실들을 깨닫기도 하고, 시간의 흐름 속에서 길을 잃기도 한다. 그렇게 바뀌게 된 내 앞의 '그 책'은 예전의 '그 책'과 다르게 읽힌다.

예를 들어, 에밀 아자르의 《자기 앞의 생》에는 너무나도 사랑스러운 소년 모모가 나온다. 책을 처음 읽었을 때는 등장인물들이 전부 귀엽고 애틋했다. 어둡고 두렵고 고약한 환경 속에서도 사랑은 존재할 수밖에 없다는 게 다행이었고 마음 따뜻했다. 더 많이 사랑해야지, 그런 희망으로 책을 덮었던 것 같다.

하지만 몇 년 후 다시 집어든 《자기 앞의 생》은 견디기 힘든 책이었다. 아무리 고된 삶을 살더라도 여전히 사랑을 갈구하고, 아무리 해진 마음이라도 자연스레 사랑이 흘러나오는 인간이라는 존재가 애달파서 많이 울었다.

종이에 적힌 글은 나름의 생명력을 갖는다.

하다못해 혼자 쓴 일기의 문장도 시간이 지나면 나와 분리된 존재로의 몫을 한다. 과거의 내가 뱉었던 글은 낯설게 느껴지고, 거기서 또 다른 감정이 만들어진다.

SNS에 수많은 정보와 공감을 일으키는 문장들이 있지만, 그것들은 거기까지 가닿기 전에 사라지기 일쑤다.

지금 읽고 있는 이 책 속의 문장들은 내가 죽고 이 세상에서 사라져도 여전히 존재하겠지. 책을 읽다 말고 그런 생각이 들 때가 있다. 이 이야기가 나에게 그런 것처럼 누군가의 인생에도 사소하거나 중요한 영향을 주겠지.

모두의 영혼에 뿌려지는 이 작은 씨앗들이 전부 사라지는 날은 오지 않을 것이다. 그게 내가 종이책의 미래는 여전히 밝다고 믿어 의심치 않는 이유고, 미래의 나를 위해서라도 오늘의 한 문장을 더 적어두는 이유다.

중요한 건
앞이 아니라 뒤에

성공과 노력, 그리고 청춘 운운하는 책들은
무조건 '앞만 보라'고 설득했고, 썩 괜찮은
내용의 책이나 영화들은 '지금 이 순간을 살라'는
메시지를 자꾸 던졌다.

'밤과 음악 사이'를 아시나?

90년대 가요를 틀어주는 술집 겸 클럽이다. 어쩐지 부끄러운 얘기지만 그곳에 종종 간다. 옛날 대중가요라고 하면 요즘 대학생들은 젝스키스나 에이치오티(H.O.T) 혹은 핑클을 떠올리겠지.

하지만 내가 좋아하는 건 영턱스클럽이나 유피(UP)처럼 서태지 시대와 아이돌 시대 사이에 걸쳐 있던 시절의 곡들이다. 친구와

'순정가요'라는 애칭으로 부르던 이 시절의 노랫말들은 하나같이 순진하고 애절했다. 어딘가 한국적인 느낌의 멜로디도 세련되지 못하고 거칠었다.

이 노래들을 처음 듣던 시절은 만 10세 전후. 처음 몸담은 학교가 국민학교에서 초등학교라는 이름으로 변신하는 것을 지켜보며, 저학년에서 고학년으로 넘어가던 무렵이었다.

그 무렵에도 사랑은 아팠고 삶은 무거워서 마이마이 카세트 이어폰을 귀 뒤로 몰래 숨겨 끼고 널찍한 운동장을 하릴없이 바라보곤 했다. 물론 수업 시간이었다. 산수나 자연 같은.

이런 기억들을, 거의 잊고 있었다.

뒤라곤 당최 돌아보질 않는 성격이라 그렇다. 기억이라는 건 창피하기 마련이라 그런지도 모른다. 심지어 6년간 입던 초등학교 교복도 어렴풋이 기억하는 수준이다(교복을 입는 국립초등학교에 다녔다).

그런데 술김에 사람들이 양계장처럼 빽빽이 들어선 '밤과 음악 사이'에 처음 들어섰던 날, 그 시절에 듣던 노래를 들으면서 10년도 더 된 이야기들이 술술 풀려나왔다.

기억뿐만이 아니었다. 멀리뛰기를 유난히 못했던 내가 매트 끝에서 말도 안 되는 자세로 도움닫기 하는 모습을 지켜보던 아이들의 비웃음소리, 그 섬뜩함. 교정 한가운데 있던 거대한 벚꽃나무에서 눈처럼 꽃잎이 흩날리는 것을 처음 본 순간, 그 황홀함. 먹기 싫은 음식들이 잔뜩 담긴 급식판을 앞에 두고 '절대 남기지 말라'고 했던 선생님들의 목소리, 그 갑갑함.

그런 감정들이 소스라치도록 선명히 느껴졌다.

지난 시간이 어디에 어떻게 숨어 있었기에 장면뿐 아니라 감정까지도 다시금 피어오르는 걸까.

고백하자면, 난 과거를 간편하게 잊어버리곤 하는 면을 내 장점으로 여겼다. "뒤돌아보지 마. 패배가 있을 뿐. 반짝이는 눈동자로 승리를 향해 가자"는 〈피구왕 통키〉의 주제가를 초등학교 때부터 응원가로 불러왔던 세대니까.

'왕년에'를 운운하는 어른들의 얘길 듣고 있으면, 혹은 술김에 그 왕년이 너덧 번도 더 반복되는 걸 듣고 있으면, 참 구질구질하구나 싶었으니까.

대학교에 입학하니 많은 아이들이 대학의 자유로운 시스템에 적응하지 못하고 중고등학교 시절을 그리워하며 방황했다. '돌아가고 싶은 곳'이 있는 사람에게 현실이란 부서지지 않는 벽 뒤의 시간일 뿐이다.

과거란 발목을 잡는 것일 뿐인가.

그들을 보며 그런 생각을 하기도 했던 것 같다.

게다가 어떤 책을 펼쳐 봐도 과거를 돌아보란 말은 없었다. 성공과 노력, 그리고 청춘 운운하는 책들은 무조건 '앞만 보라'고 설득했고, 썩 괜찮은 내용의 책이나 영화들은 '지금 이 순간을 살라'는 메시지를 자꾸 던졌다. 과거는 이미 지나갔다고.

성격과 오랜 학습 효과로 인해 과거에 '전혀' 집착하지 않던 나는 어느 순간 이상한 부분을 발견했다. 사람들과의 대화에서 어딘가 절룩거리게 된 것이다. 쉽게 말하자면, 스스로에 대한 얘기를 하는 데 능숙하지 못했다. 듣는 건 잘하는데 어째 내 얘기를 시작하면 뭔가 흐물흐물해지기 일쑤였다.

헉, 이런 부작용이 있었다니.

대화란 기본적으로 '자기가 겪은 것'에 기반을 두기 마련인데, 그것들을 자꾸 내다버려서 입 속이 텅텅 빈 것이다.

그래도 이십대 초반엔 잘 듣기 스킬의 일인자로서 사람들과의 대화에 쉽게 참여할 수 있었다. 누구라도 자기 얘길 늘어놓기에 여념이 없던 시절이었기 때문에 적확한 질문과 적당한 호응이면 되었다.

하지만 그저 그런 피상적 관계들이 하나둘씩 정리되어가는 이십대 중반을 지나면서, 대화를 위해서는 내 얘기를 하는 것이 꼭 필요했다. 한 방향의 의사소통은 상대를 지치게 만들거니와 오해를 불러일으키기도 쉽기 때문이다.

그 시절에 사람들은 곧잘 서운함을 내비쳤고, "너를 잘 모르겠다"는 말을 여러 변형된 어법으로 자주 전했다.

나조차도 나를 모르겠는 기분이었다.

무던히도 연습해서(이걸 연습한다는 게 이상한 사람들도 있겠지만) 이제야 '최근 있었던 일과 그에 대한 감상'을 말하는 수준까지 왔다.

내가 지켜본 바로 이다음은 '감상에 대한 평가'인데, 이 수준으

로 올바르게 올라가기 위해선 꽤 내공이 필요하다.

이 얘긴 나중에 하기로 하고. 본론으로 돌아와서, 지금까지의 나는 다른 사람들과의 대화를 위해 과거를 회상하는 수준이었다.

그런데 얼마 전에 아주 직접적으로 죽음을 목격했다. 태어날 때부터 날 키워주신 할머니가 돌아가신 것이다. 이에 대해 두 문장만 더 쓰면 울고 말 테니, 보편적으로 죽음을 목격한 것에 대해서만 얘기해보겠다.

죽음이란 정말 너무나도 끔찍할 정도로 허무하고 간단했다.

아무리 안간힘을 쓰고 살아온 삶이라도, 구구절절한 삶일지라도 말이다.

아, 이럴 수가. 그렇다면 대체 나는 왜 존재하는 것인가. 무얼 위해 존재하는 것인가.

한동안은 그 질문의 답이 너무도 강렬하게 '없음'으로 느껴져서 아무것도 할 수가 없었다. 뭘 해도 아무것도 하지 않는 기분이었고 상태였다.

그러다가 또 맘취해서 '밤과 음악 사이'보다 더 옛날 노래를 틀어주는 '곱창전골'이란 데를 갔다. 거긴 70~80년대 노래, 그러니까 내가 막 태어나서 아장거리고, 아빠 회사 야유회에 따라가 춤추고 노래하던 시절을 떠오르게 하는 곳이었다. 거기서 다섯 살 무렵 내 머리 스타일이 어땠고, 멜빵바지를 즐겨 입었고 하는 시시콜콜한 얘길 꺼내며 지난 기억을 되짚다 문득 깨달았다.

만약 나란 사람이 하나의 책이라면 그건 온전히 나를 위한 것이겠다고. 내가 사랑하는 사람들이 종종 한두 페이지씩 들춰 보곤 하겠지만, 책 한 권을 통째로 소유할 수 있는 건 나뿐이라고.

그래서 스스로를 더 좋은 책으로 만들자, 뭐 이런 식의 주장을 하려는 건 아니다.

더 좋은 책은 만들어서 뭐하게? 나밖에 못 보는데.

그렇다면 '좋은'이 아니라 '내 마음에 쏙 드는' 책이어야 하는 것 아닐까. 독자(결국은 나) 리서치 측면에서 수시로 어떤 방향의 내용이 담기면 좋을지 확인하고, 빠진 내용이 없는지 과거를 뒤돌아보면서 문장을 다듬는 것. 그게 어쩌면 영원을 살지 못하는 우리에게 더 필요한 일일 거라고 생각한다

이 토 록 뜨 거 운 결 핍

제2부

마침표를 쉼표로
바꿀 수만 있다면

사랑이 연애로 발전되면서 스스로도 지우고
싶은 결함이 둘 사이에 모습을 드러낼 때,
관계는 기로에 선다.

유난히 결혼식이 잦은 10월이었다. 하루에 두 번씩 결혼식에 가
기도 하고, 지방까지 다녀오는 수고도 감수했다.

한번은 국제결혼을 하는 커플의 결혼식에 갔다가 얼떨결에 부
케를 받았다. 신부가 외국인인 데다 둘 다 며칠 전에 한국에 들어
와 급히 결혼식만 올리고 돌아가려는 터라, 사진 찍는 자리에 여자
라곤 두 명뿐이었다. 게다가 나머지 한 명은 유부녀였다.

내가 부케라니…. 흰색과 옅은 분홍색이 섞인 꽃다발을 멍하니 내려다보았다. 가시가 잘 손질된 꽃들의 잎은 여렸다.

돌이켜보면 대학생 때의 나는 결혼에 꽤 회의적이었다.

은희경 작가의 소설집 《타인에게 말 걸기》(문학동네, 1996)에 〈연미와 유미〉라는 단편이 있다. 기억이 맞는다면 연미는 언니, 유미는 동생이다. 이 두 자매는 몹시 다른 성격으로 각자의 삶을 꾸려 간다. 소설 속 연미의 한 대사가 이십대 내내 날 따라다녔다.

"결혼은 아무나하고 하는 거야."

그리고 뒤에 이런 말도 덧붙었다.

"감정이란 변하고 사라지는 거야. 결혼은 변하지 않는 것을 기준으로 해서 결정하는 게 좋아."

결혼은 아무나하고 하는 거라니.

실로 충격적인 말이다. 하지만 책을 읽었을 당시의 나는 이런저런 헤어짐으로 연애라는 것 자체에 시니컬한 상태였기 때문에 그 문장들을 어느 정도 수긍했다.

이 세상 어떤 사람이라도 완벽할 순 없고 모두 단점을 가지고 있다. 누굴 만나도 그런 모난 점들 때문에 부딪힐 테고 처참한 갈등을 피할 수 없을 것이다.

'아무나하고 결혼하는 거란 말이 아주 틀린 건 아니잖아? 더구나 연애 따위야, 뭐!'

이게 당시 내 심정 혹은 심통이었다.

누군가의 매력이 마치 중력처럼 작용될 때, 우리는 사랑에 빠진다. 장점은 밖으로 드러나 있다. 그것은 큰 키나 늘씬한 몸매일 수도, 순한 눈이나 고운 손일 수도 있다. 다정한 목소리나 눈에 띄는 리더십일 수도, 책을 좋아하는 취향일 수도 있다. 심지어 애틋한 뒷모습일지도 모른다. 각자가 가진 고유한 장점, 그 장점들의 합, 그것으로 사랑이 시작된다.

반면 단점은 숨겨져 있다. 가까이 다가서서 깊이 들여다봐야 보이기 시작한다. 사랑이 연애로 발전되면서 스스로도 지우고 싶은 결함이 둘 사이에 모습을 드러낼 때, 관계는 기로에 선다.

하지만 단점을 마침표가 아닌 쉼표로 바꿀 수 있는 힘만 있다면 그 관계는 끝나지 않을 수 있다.

누군가를 좋아하고, 상대가 나를 좋아하는 것을 받아들이며 관계를 지속하는 일. 그러니까 연애는 서로의 단점이나 결여, 부족함을 인지하지 않고는 불가능하다.

서로를 꼭 닮은 커플이라면 다른 이들은 모르는 자신들만의 결함을 공유하는 방법으로, 서로 다른 매력으로 끌린 커플이라면 자신의 결함에도 불구하고 사랑해주는 상대의 구원자 같은 면에 감사하는 방향으로 말이다(이때 상대보다 자신의 결여가 커 보이거나 비슷해 보인다).

하지만 아무리 멋진 장점을 가졌대도, 그의 결함이 내가 견딜 수 없는 종류의 것이라면 그 끝은 당연히 헤어짐. 그러니까 지속 불가능이다. 여기서 중요한 것은 재미있게도 '상대의 단점이 내가 견딜 수 있는 종류의 것인가' 하는 문제다.

나쁜 건 다 나쁜 것 아니냐고?

세상에 다채로운 장점들이 있는 것처럼 단점 또한 마찬가지다. 각자 끌리는 장점이 다르듯이 각자 포용 가능한 단점도 다르다.

　내 경우에 어느 정도의 거짓말은 이별 사유가 되지 않는다. 극단적인 우유부단함도 답답할지언정 이해 가능하다. 하지만 조금이라도 권위적이거나 서로를 통제하는 규칙이 필요한 사람은 괴롭다. 폭력적인 것도 질색이라 언어적, 표현적 폭력을 쓰는 사람은 못 견딘다. 소리 지르며 다투거나 거친 단어 혹은 욕을 섞어가며 싸우는 것은 헤어짐으로 가는 지름길이다.

　재미있게도 내 친구는 나와 정반대다. 그녀는 둘 사이의 약속을 섬세하게 만들고 철저하게 지키는 게 중요하다. 그러기 위해서는 (내 관점에서 보기엔) 거친 충돌도 불사한다.

　어떤 사람은 한시도 떨어져 있는 걸 싫어하는 반면, 어떤 사람은 자기만의 시간을 갖지 못하면 힘들어한다. 불성실한 것을 질색하는 사람이 있는가 하면, 지루한 것을 못 참는 사람도 있다.

　사랑은 빛과 같아서, 한 조각만 있어도 새카만 마음을 모두 밝힐 수 있다.

　하지만 연애는 온기와 같다. 찬바람이 들어오는 걸 막지 않으면 그게 제아무리 작은 틈이라 해도 결국엔 추위에 몸을 떨게 된다.

결국 그 틈을 막을 수 있는지 없는지가 중요하다.

그렇게 보면 연애의 최종 결정권은 우리가 드러내 보이고 싶은 장점이 아니라, 가장 숨기고 싶은 단점들이 쥐고 있는 걸지도 모르겠다. 그 뾰족한 결함에 찔릴 만큼 가까워지기 위해서는 사랑이 필요하다는 게 아이러니지만, 찔려도 괜찮을 가시를 지닌 사람이라면 같이 살고 싶다. 오래도록.

이토록 뜨거운
결핍

그들에게 결핍은 내면의 소리를 따라가게
만드는 일이고,
나는 그들의 지난하고 괴로운 여행을
지켜보는 게 즐겁다.

계획이 난무하는 새해 시즌이다.

말간 종이에 원하는 것을 하나둘 적다 보면, 처음의 희망찬 마음이 무색하게 욕심이 흘러넘친다. 몸은 하난데, 이루고 싶은 것도 가지고 싶은 것도 너무 많다. 그래도 어쩐지 그것들을 다 이룰 수 있을 것만 같은 기분이 드는 건 새해가 주는 못된 선물이다.

생각난 김에 작년에 적어둔 계획을 찾아 읽다 보니 내가 무엇으

로부터 이렇게 벗어나려 했나 싶은 기분이 든다. 1년이 지난 지금
의 목표들이 그때와 크게 다르지 않다. 내게 여전히 부족한 부분이
무엇인지 확인하는 꼴만 돼버렸다.

　아, 인생무상이여.

　매년 반복됨에도 지치지 않고 새해 계획 따위를 세우고 있다는
건 모두가 그렇듯 더 나은 삶, 더 행복한 삶을 원한다는 뜻이겠다.

　사전에 따르면, 행복이란 건 '생활에서 충분한 만족과 기쁨을
느끼어 흐뭇함 또는 그러한 상태'를 말한다. 만족은 행복의 1순위
요소다. 하지만 만족으로 가득 찬 생은 과연 어떨는지.

　루이제 린저의 《생의 한가운데》(문예출판사, 1998)에 이런 구절
이 있다.

　　나는 나의 생활이 얼마나 기분좋게 매일매일이 똑같이 흘러
　　갔던가를 생각해 보았다. 나의 나날은 아무 장애도 없이 질서
　　있게 과거로 미끄러져 들어갔고, 과거는 미래와 마찬가지로
　　평화스럽게 나를 바라보았다. 나는 내가 원하는 것을 가졌고

내가 가질 수 없는 것은 원하지도 않았다. 그런데 내가 어떻게 불쾌함을 느낄 수 있단 말인가.

우리는 이렇게 평온으로 가득 찬 삶을 꿈꾸고 있는 걸까?

아마 아닐 거라 믿는다. 원하는 것을 가지고, 가질 수 없는 것은 원하지 않는 일상. 그 현명함이 되레 우리를 살아가는 삶이 아닌 살아지는, 혹은 사라지는 삶으로 끌고 갈 테니.

책에서 '나'로 통칭되는 화자는 주인공인 니나 부슈만의 언니로, 며칠 동안 그녀 집에서 함께 지내는 동안 지켜보게 된 그녀의 모습을 서술한다. '야생적인 무엇'을 가지고 눈에 띄는 모습을 하지 않아도 모두가 돌아보는 니나에 대해 언니는 말한다.

니나는 자기 자신으로부터 극단을 요구했고 그것을 타인으로부터도 요구했다. 니나하고 살기는 쉽지가 않다는 것을 나는 느꼈다.

니나처럼 자신의 부족한 부분에 매달리는 사람, 혹은 그런 부분

을 찾아내고야 마는 기질이 있다. 나는 이런 사람들을 '결핍형 인간'이라고 혼자 속으로 명명한다.

　TV며 책이며 온갖 매체에서 '긍정적 사고의 힘'을 이야기하지만 이런 사람들은 늘 부정의 씨앗을 품고 있다. '잘될 거야!', '난 해낼 수 있어!'가 아니라 '안되면 어떻게 하지?', '난 왜 안될까?'가 앞선다. 무조건 잘될 거라는 긍정적 생각과 달리, 부정적인 생각의 장점(?)은 '왜' 혹은 '어떻게'를 고민하게 만드는 데 있다.

　일이 잘 안됐을 때 어떻게 해야 하는가 고민하는 사람은 최선이 아닌 차선, 만약의 경우엔 차악이라도 선택할 수 있을 정도로 '나쁜 수'에 대해 생각해둔다. '왜 안되는가'로 괴로워하면서도 그것을 놓지 않는다면 그렇지 않은 사람보다 근본적인 문제점에 도달하게 될 가능성이 높다. 이 부분만 놓고 본다면 '성공하는 ○○ 방법' 중 한 항목처럼 보인다.

　하지만 결핍형 인간의 마지막 열쇠는 다른 데 있다. 그들의 '부족한 부분'이란 오로지 자기 기준에 따른다는 것.

　좋은 집, 비싼 차, 훌륭한 스펙이 아니라 자신만이 원하는 '어떤 것'에 매달린다. 설사 그게 주변 사람들이 이해하지 못하거나 하찮게 여기는 것일지라도. 심지어는 자기 자신조차 그 '어떤 것'이 무엇인지 모를 때라도 말이다.

이런 감정을 가져 본 일 없어, 언니는? 여태까지 애착하고 있던 무엇이 갑자기 지긋지긋해진 일이? 하루도 참을 수 없다고 생각되는 거야. 모든 것이 전과 꼭 같아. 방도, 집과 거리도. 그런데 갑자기 우리에게 그것이 변한 것같이 보이고 밉고 참을 수 없이 쓸쓸하고 적의에 찬 것으로 보여. 그러면 우리는 떠나야 하는 거야. 그럼 일각도 지체 없이 떠날 때가 온거야. 자기도 모르게 우리는 벌써 이 모든 물건으로부터 자기 자신을 끌어내어 간 거야.

이렇게 말한 니나는 자기가 가진 모든 것을 버리고 가방 하나만 들고 떠나버린다. 변변한 일자리나 살 곳이 정해지지 않았고, 오래도록 인연을 이어왔던 사랑하는 사람이 그녀를 찾아오고 있음에도 불구하고.

결핍형 인간에게 결핍은 피할 수 있는 일이 아닌 것 같다. 어쩌면 모든 결단의 중심엔 자기 자신이 있고, 그것을 완전히 따르는 삶을 살기 위해 불가피한 기질일지도 모른다.

흥미로운 것은 이 책을 번역한 전혜린 역시 그런 사람이었다는 거다. 타지에서 가난과 싸우며 공부하고 글을 쓰던 그녀의 유고집 《이 모든 괴로움을 또다시》(민서출판사, 2002)에 담긴 일기들은 무섭도록 뜨겁다.

"나의 생활을 시작하면 곧 등장할 내 속의 속물(俗物)을 미리 공포스럽게 혐오하고 멀리 하자. 언제나 언제나 너 자신이어야 한다. 아무 앞에서도 어디에서도…. 우리의 일회성(一回性)을 명심하고 일순간을 아끼자. 미친 듯이 살자"라든가 "매일매일이 마개를 잃은 지 오래되는 사이다같이 맛없이, 흥분 없이, 열정 없이, 비약 없이 흘러가고 없어지는 것일까? 인공적으로라도 열정을 만들고 싶다" 같은 문장들이 빼곡하다.

나는 니나나 전혜린처럼 멋진 사람이 아니라서 그런 삶이 너무 위험하게 느껴진다. 불가능해 보인다.

하지만 종종 내게서도 결핍형 인간의 조각을 찾곤 한다. 주변에서도 결핍형 인간의 조각을 가진 사람을 자주 발견하고, 그때마다 마음을 빼앗긴다.

처음엔 내가 어떤 기준으로 사람에게 호감을 느끼는지 몰라 스스로도 어리둥절할 때가 있었다. 멋진 옷을 입고 번듯한 얘길 하는 사람보다 별 볼 일 없어 보이는 사람한테 매력을 느끼는 경우가 많았으니까.

그런 사람이 주변에 차곡차곡 쌓여가던 어느 날 깨달았다.

무직이든, 중2병이든, 남들은 이해 못 할 취향을 가지고 있든, 아니면 일에 완전 빠져 있든, 오타쿠 기질이 충만하든 간에 자기만의 기준이 확실하고 그걸 충실히 따르는 사람만이 가진 매력이 있다는 걸. 그들에게 결핍은 내면의 소리를 따라가게 만드는 일이고, 나는 그들의 지난하고 괴로운 여행을 지켜보는 게 즐겁다.

그리고 나 역시도 자기 자신을 꼭 쥐고 나아가는 생의 강렬함을 위해 어떤 고단함도 견뎌볼 예정이다.

허무와
친구 되기

'절대적인 무의미함'을 안다는 건 분명
괴로운 일일 수 있지만,
대신 삶에 대한 두려움이 줄어든다.

친구가 술잔을 내려놓으며 말했다.

"어떤 철학자가 그랬대. 인간은 고유의 존재지만, 어디에서도 존재의 근거를 찾을 수 없다고. 이 지긋지긋한 세상에 태어나야 될 이유가 하나도 없었다는 거지. 다 허무한 거야. 인간이, 인간 삶이."

나는 웃었다. 술을 마실 때마다 하는 얘기들.

우린 허무주의자다.

"무슨 철학자가 그렇게 당연한 소릴 해? 그걸 누가 몰라."

삐죽거리는 그 애의 입이 귀여워서 나는 또 웃었다.

"근데 거기에 덧붙여 그랬다는 거야. 그 허무가 인간을 자유롭게 한다고."

우리 사이에 잠시 침묵이 돌았다. 내가 입을 열었다.

"그럴지도 모르겠네. 어차피 허무의 존재니까 우리가 따라야 하는 '어떤 것'이란 게 없는 거잖아."

"예를 들면?"

"왜, 흔히 사람들이 이뤄야 하거나 지켜야 한다고 생각하는 것들. 좋은 곳에 취업하는 것, 돈을 많이 버는 것, 예뻐지고 멋있어지는 것, 똑똑해지는 것, 누군가를 사랑하고 사랑받는 것. 더 나아가서는 종교를 생각할 수도 있고."

"그걸 선택한 게 벌써 자유의지 아닌가? 자기가 그러고 싶어서 그러는 거니까."

"그러다 결국엔 그 목표와 자기 자신이 치환되는 경우가 많잖아. 내가 아닌 다른 것에서부터 '절대적인 기준'이라는 게 생기면, 그때부터 자유의지는 희미해지고."

"하긴, 그런 것에 지배받게 되면 빠져나오기 쉽지 않지."

그렇지만 허무주의자인 우리에겐 그딴 게 없다. 나 하고픈 대로 할 테니 될 대로 되라는 식이다. 그렇게 얘기하고 보니 우리 대화가 오랜만에 긍정적으로 들려 둘이 피식 웃었다.

삶이 허무하다는 걸 알고도 살아갈 수 있을까.

물론 얼마든지 그럴 수 있다.

나를 포함한 모두가 죽음에서 자유롭지 않다는 것도, 가끔은 죽기 위해서 살고 있다는 생각이 들어도, 살아 있는 이 순간이 사라지는 건 아니다. 오히려 명징해진다.

얼마 전 침대에 누워 잠을 몹시 설쳤다. 전날에는 느지막이 일어나 어슬렁거리며 산책을 하고 날 좋아해주는 사람을 여럿 만났다. 맥주를 양껏 마시고 두 고양이들 사이에서 무른 잠을 잤다.

행복했다.

하지만 그날은 고된 하루였다. 종일 포화 상태였다. 기분 나쁜 순간도 있었고, 알 수 없는 것들이 잔뜩 생겼다.

그런데도 어제와 오늘 중 하루를 택하라면 망설이지 않고 오늘을 택할 거란 생각이 들었다.

왜일까. 행복이 중요하지 않아서?

사람들에게 '왜 사는지' 물으면 대부분이 '행복하기 위해서'라고 답한다.

우리 모두가 생각하는 '보편적 행복'이라는 게 있다. 맛있는 걸먹고, 좋은 사람들을 만나고, 걱정 없이 여유로운 시간을 보내면 행복할 것이라 여긴다.

하지만 행복에 정말 보편성이 존재할까.

우습지만, 보편적으로 행복이라 여겨지는 것을 쥐고 있으면 행복한 것처럼 느낀다. 그 느낌이 행복을 만든다. 그러니 우리 손바닥 위의 그것은 행복이면서 동시에 행복이 아니기도 하다. 하지만 허무주의자의 눈으로 보면 보편적 행복이란 별 의미가 없다.

물론 행복한 기분, 그건 누구에게나 좋다. 하지만 삶을 이끌어나가는 희망으로서의 행복은 허무 앞에서 너무 쉽게 무너진다. 그럴수록 존재 근거가 없는 이 삶에서 그래도 살아 있어야 하는 이유를 만드는 데 골몰하게 될 뿐이다.

나는 그날 밤에 느낀 그 기분, 살아 있는 것 같은 그 느낌이 '내 이유'일 것 같단 느낌이 들었다. 형태는 불분명하고 다른 사람들에게 설명하긴 힘들지만….

윌리엄 서머싯 몸의 소설 《달과 6펜스》(민음사, 2000)를 보면 이런 부분이 있다.

"난 그려야 해요." 그는 되뇌었다.

"잘해야 삼류 이상은 되지 못한다고 해봐요. 그걸 위해서 모든 것을 포기할 가치가 있겠습니까? 다른 분야에서는 별로 뛰어나지 않아도 문제되지 않아요. 그저 보통만 되면 안락하게 살 수 있지요. 하지만 화가는 다릅니다."

"이런 맹추같으니라구."

"제가 왜 맹추입니까? 분명한 사실을 말하는 게 맹추란 말인가요?"

"나는 그림을 그려야 한다지 않소. 그리지 않고서는 못 배기

겠단 말이요. 물에 빠진 사람에게 헤엄을 잘 치고 못 치고가 문제겠소? 우선 헤어나오는 게 중요하지. 그렇지 않으면 빠져 죽어요."

주인공인 찰스 스트릭랜드는 평범한 증권 중개인으로 살아가던 사십대 남자였다. 아내와 열여섯 살 아들, 열네 살 딸과 살고 있었다. 그런 그가 어느 날 갑자기 직업과 가족 모두를 버리고 그림을 그리겠다며 떠난다. 붓을 들기 시작한 지 겨우 1년 반밖에 되지 않았는데도 말이다. 주변 사람들은 모두 그를 욕했다.

하지만 그는 남들의 평가나 성공에 관심이 없다. 그릴 수만 있다면 괜찮다. 보편적인 행복이란 그에게 아무런 의미가 없는 것이다.

자신만 아는, 자신만의 존재 이유를 찾아야 하기 때문에.

'어차피 모든 것이 무(無)'라는 걸 알게 되면, 무척 큰 힘을 얻을 수 있다.

자신을 제외한 모든 것을 버릴 수 있는 힘.

'절대적인 무의미함'을 안다는 건 분명 괴로운 일일 수 있지만,

대신 삶에 대한 두려움이 줄어든다. 보편적인 행복이 아니라도 자신에게 의미 있는 것이 생긴다면 지금까지의 나와 전혀 다른 삶을 살 수도 있다.

어차피 언젠가는 무(無)로 돌아갈 거니까, 그동안 최대한 '나로 살아가는 것'에만 집중하면 된다. 이렇게 긍정적이지도 도움이 되지도 않은 말을 해도 괜찮은 걸까.

그래도 어딘가 이 말들이 필요한 사람이 있을 것 같았다.

나처럼 누군가도, 허무와 오랜 친구가 되어야 할 테니까.

우리, 조금씩만
어른이 됩시다

쫓기듯 이뤄내려고 했던 것들을 가만히
훑어보면, 이것들이 어디로부터 왔는지
의아해질 때가 있다.

열아홉 살 12월 31일에서 스무 살 1월 1일로 넘어가던 그 순간을 기억한다. 이미 여러 번 새해를 맞이했음에도 불구하고, 뭔가 특별한 느낌이었다.

오랫동안 성인이 되길 고대해왔으니 그럴 수밖에.

하지만 돌이켜보면, 그 순간에 느낀 건 '나는 지금 이 순간부터 당당히 술집에 들어갈 수 있고, 술과 담배를 살 수 있다'는 정도의 해방감이었던 것 같다. 성인이 뭔지, 어른이 뭔지, 그때는 몰랐고 알 수도 없었으니까.

스무 살은 두 손 가득 쥐어진 자유를 어찌해야 할지 모르는 나이다. 몇 달 전까지만 해도 짜인 시간표에 따라 수업을 들었고, 매일 같은 친구들과 같은 공간을 나누어 써야 했다. 입시라는 기준 때문에 '해야만 하는 일'이 있었고, 십대이기 때문에 '갈 수 없는 장소'가 명백했다.

그런데 순식간에 이 모든 것이 바뀌어버린 것이다. 내가 내 시간표를 정할 수 있었고, 심지어 어길 수도 있었다(물론 대가는 학점으로 돌아오겠지만). 몸을 부대끼며 자연스레 가까워질 수 있는 친구를 만나는 기회는 줄어들었지만, 호감이 가는 사람과 더 많은 시간을 보낼 수 있었다(시도가 불발될 가능성도 있지만). 학교 수업 외에는 딱히 해야 하는 일이 없어 시간이 남았고, 원한다면 언제든 어디로든 갈 수 있었다(부모님의 구박을 피해야 하겠지만).

뭘 해야 하지? 누굴 만나야 하지? 어떤 일부터 해결해야 하지?

그보다, 이건 뭘 위한 거지? 난 무엇 때문에 이런 선택을 하려 하지?

갑자기 물음표들이 우르르 몰려나왔다. 주체적으로 결정하는 것에 서툴렀다. 연습할 기회가 별로 없었기 때문이다.

어떤 친구는 고등학교가 그립다고 했다. 그 시절 친구들만 만난다고 했다. 어떤 친구는 지금의 해방감이 너무 좋다고 했다. 하지만 밤마다 자꾸 메시지를 보내왔다.

그때 즈음이었던 것 같다. 막막함을 느꼈다. 어떻게 어른이 되면 좋을지 막막했다.

어렸을 때는, 그러니까 열 살이나 열여섯 살 즈음에는, 시간만 지나면 저절로 어른이 '되어지는' 줄 알았다. 수동적으로, 당연하게, 수염이 나거나 생리를 하는 것처럼 말이다.

하지만 이십대가 되고, 법적으로 모든 자율권이 주어지고, 성장해야 할 신체 부분이 모두 다 자라버리고 나서도, 어른의 입구에 서서 그 안을 들여다보는 순간까지도 아리송하기만 했다.

이 사회의 '어른'이란 건 정답처럼 명확했다.

'어른스럽다'는 말에 포함되어 있는 모습들을 생각해본다. 번듯한 직업과 안정적인 수입이 있는 사람. 적당한 나이에 결혼한 사람. 괴상한 헤어스타일을 하거나 독특한 옷을 입지 않는 사람. 자기가 먹을 음식을 챙길 줄 알고 자기가 살 공간을 가꿀 줄 아는 사람. 부모님께 효도하고 자식을 잘 돌보는 사람. 심지어 어른은 제때제때 전기세와 도시가스 요금을 낼 줄도 알아야 한다.

나이 먹는 것도 힘든데, 대체 이 많은 걸 언제 다 이뤄야 할지 모르겠다. 한창 정수리부터 쏟아지던 자유에 허우적거리다가, '어른'이란 과제가 눈앞에 성큼 다가와 있음을 깨닫게 되면 무척 당혹스럽다. 다급한 마음에 사회의 기준에 맞추려고 허둥지둥하게 된다. 남들이 알아줄 만한 좋은 직업을 갖기 위해 취업 준비에 몰두하고, 결혼 적령기를 신경 쓰고, 스타일을 깔끔하게 바꾸면서 말이다.

하지만 꼭 그 과업들을 다 이뤄야 하는 걸까. 어른이 돼야 한다는 강박의 그늘 아래 나 자신을 밀어 넣는 건 아닐까.

쫓기듯 이뤄내려고 했던 것들을 가만히 훑어보면, 이것들이 어디로부터 왔는지 의아해질 때가 있다. 내가 되고 싶던 어른이 바로 그런 모습이라고 확신할 수도 없다.

어쩌면 다들, 애초부터 어른이란 게 어떤 건지 깊이 생각해본 적 없을지도 모른다. '어른스럽다'는 것, 그 훌륭하고 좋은 이미지, 그런 것만을 좇으려다 마음의 무릎이 다 까져버렸는데도 말이다.

어른이란 어느 날 '짠' 하고 레벨업해서 될 수 있는 것이 아니다. 피카츄가 라이츄가 되는 것처럼 한순간 일어나는 일이 아니라는 거다.

세상에 완벽한 어른이 어디 있겠나? 오히려 있다고 상상하면 조금 불행하다.

'백 퍼센트 어른'이 되어버린다면, 그건 '그냥 어른'이지 더 이상 나일 수 없을 테니까.

나는 아직도 전기세나 도시가스 요금은 물론이고 수도세 납부까지도 자주 빼먹는다. 집은 사람과 고양이 두 마리가 간신히 살 수 있을 정도로만 치워져 있다(지저분하단 뜻이다). 머리카락을 이런

저런 색으로 바꾸는 걸 여전히 좋아한다. 그게 나다.

'그게 나인데 어쩔 거야' 하는 식으로 오기를 부리려는 건 아니다. 몇 퍼센트 정도는 어른이어야 하겠지만, 나머지 몇 퍼센트 정도는 '그냥 나'이고 싶다. 그 둘의 조합을 찾는 것이 어쩌면 남은 인생의 숙제일 수도 있겠다. 그러니 조급해하지 말아야지. 쓸데없이 어른인 척하지도 말아야지.

조금씩 조금씩, 적당히 어른이 되어도 괜찮다. 어쩌면 그렇게 어른이 되어가는 과정 자체가 '어른이 된다는 것'의 전부일지도 모른다.

더 많이 사랑하는 사람이
을이다

나를 을로 만드는 건, 사랑 그 자체다. 우리는
사랑이라는 어마어마한 감정을 갑으로 두고,
매일을 헤쳐 나가는 두 사람의 을이다.

'더 많이 사랑하는 사람이 약자다.'

사람들이 곧잘 하는 얘기다. 너무 많이 사용돼서 이제는 마치 당연한 사실처럼 들릴 정도다.

나는 저 말을 들을 때마다 조금이라도 미간을 덜 찡그리려고 애쓴다. 굳게 닫히는 입은 어쩔 도리가 없대도.

그런데도 사람들은 저 말을 바탕으로 연애에서 지지 않는 법이라는 둥, 상대의 마음을 사로잡는 밀당(밀고 당기는) 기술이라는 둥 이상한 것을 잘도 만들어낸다. 잠자코 듣고 있자면 사랑이 아니라 격투나 게임 이야기처럼 들린다.

이기고 지는 게 대체 왜 중요한 거지?

아니 애초부터 이기거나 지거나 할 수 있는 건가?

안다. 나 혼자만 마음 졸이고 기다리는 것 같으면 누구라도 서운하겠지. 메시지 보냈는데 5분, 10분, 30분이 지나도록 답이 없으면 내 생각을 안 하나 싶고, 먼저 애정 표현을 안 하면 나를 안 좋아하나 싶고…. 애초에 속상한 마음이 드는 건 사랑받고 싶은 욕망 때문이다. 하지만 사랑받고 싶다고 생각하게 되는 건 내가 그 사람을 사랑하기 때문이고, 그 사람을 사랑하기로 한 건 나다.

뭐, 사랑해줄 것 같은 사람을 골라 연애를 시작하는 취향도 있을 수 있겠지만…. 나는 그런 건 짐작도 가지 않으니까 내 세상엔 없는 거나 마찬가지다. 게다가, 세상 어딘가에 연애를 하면서도 상대에게 마음을 열지 않으려 노력하고 무정하게만 대하려는 사람이 있으리란 생각도 들지 않는다.

분명 각자의 사정과 성향이 있어 마음을 주고받는 패턴이 조금씩 다르게 이뤄지는 것이리라. 그건 서로 조율하거나 합의, 혹은 (슬픈 경우지만) 포기할 일이지 이겨서 쟁취할 것은 아니다.

이렇게 말하는 나도 어린 시절엔 꽤 격렬하게 격투를 했다. 사랑이 아니라 거의 격투였다. 더 많이 사랑받고 싶었고, 그 마음이 정당하다고 믿었다. 함께 있기 위해 다른 것들을 희생하는 일이나 상대가 원하는 방식으로 일상을 바꾸는 것을 애정의 척도로 삼았다. 소속감을 느끼기 위해 만들어내는 사소한 약속들은 또 얼마나 대단했는지!

늘, 더 많이 알아주고 더 많이 안아주길 바라던 나.

그러지 못하는 사람을, 그러지 못한 순간을 미워하고 마음 아파했다. 죄악시하고 화를 냈다.

하지만 그것들이 정말 나의 행복을, 우리의 사랑을 위한 것이었을까? 좋은 순간을 깨부수고, 충분히 즐길 수 있었던 마음을 잘라내고, 헤어짐을 앞당겼을 뿐이다.

내 마음을 정말 괴롭게 한 아이가 있었다. 나는 늘 사랑을 갈구

하는 입장이었다. 모두들 말하는 을의 입장이었던 거다.

매일 연락을 기다렸다. 천성이 다정한 아이였음에도 더 많은 표현을 요구했다. 오랫동안 만난 연인이 있었던 그 아이에게 보이는 옛 애인의 흔적이 너무 싫었다. 아주 많이 싸웠고, 대부분의 싸움은 내가 촉발한 것이었는데도 그 아이는 헤어지자 말하지 않았다. 결국엔 내가 헤어지자고 했다.

하지만 시간이 지나면서 깨달았다. 어쩌면 그 시간이 나보다 그 아이에게 더 아팠을 것이란 걸.

사람을 잊는 건 쉬운 일이 아니다. 또다시 누군가를 만나는 것에 두려움도 있었을 것이다. 내게 기대고 싶기도 했을 것이다. 좋아했으니까. 우린 서로를 사랑했으니까.

그 이유가 아니라도, 우린 언젠가 헤어졌을 거다. 하지만 그동안 조금이라도 더 충만한 시간을 가질 수 있었을 텐데. 답답하고 속상하면서도 그의 곁에 머물고 싶었던 건 내 마음 때문이었다.

그 마음에 조금 더 힘을 실어줬다면 그때의 기억이 지금보단 덜 아팠을 텐데.

사랑을 하고 있는 사람은 누구나 을이다. 상대에게 서운해서, 미안해서, 사랑받고 싶고, 사랑하고 싶고, 의지되고 싶고, 의지하고 싶어서.

나를 을로 만드는 건 내가 사랑하는 사람이 아니다. 나를 을로 만드는 건, 사랑 그 자체다. 우리는 사랑이라는 어마어마한 감정을 갑으로 두고, 매일을 헤쳐 나가는 두 사람의 을이다.

영원히 갑이 될 수는 없겠지.

그래도 좋다. 사는 마지막 날까지 을이고 싶다.

시작이
별건가?

아직도 이렇게 새로운 것들이 가득한 세상에
살고 있구나. 뻔하다고 생각했던 매일이,
그렇지도 않을 수 있다는 가능성으로 찰랑인다.

나는 시작을 참 좋아한다. '새○○', '신○○', '첫○○'이란 단어
들을 발견하면 눈은 반짝, 귀는 쫑긋해진다.

그것들이 가진 뉘앙스는 얼마나 상쾌한지!

어디든 시작 버튼이 있으면 일단 누르고 싶다. 아직 안 해본 것
이 있다면 오늘이라도 찾아 헤맬 셈이다.

덕분에 많은 것을 해봤다. 기타, 피아노, 노래, 일어, 영어, 소설 쓰기, 시 쓰기, 요가, 발레, 필라테스, 요리, 베이킹, 사진, 디제잉….

하지만 슬프게도 일관성이 없다.

기타와 베이킹이라니? 시 쓰기와 디제잉이라니?

그런데도 멍청한 건지 성격이 이상한 건지, 뭔가를 시작할 때마다 두근거린다. 새로운 걸 맞닥뜨린다는 건 사람을 긴장케 하니까. 한 번도 들어본 적 없는 단어를 발견하고 이제까지의 내 삶과는 전혀 상관없는 이론들을 유심히 살피는 행동은 나를 자그마한 어린아이로 돌려놓는다. 마냥 능숙했던, 그래서 지루했던 일상과 달리 그 안에서 나는 헤매고 혼나고 쩔쩔매면서 초라해진다.

그런데 이상하게도 그 초라함이 반짝거린다. 생기가 돈다.

나는 아직 멀었네, 읊조리면서도 하나도 서글프지 않다. 오히려 위로를 받는다.

아직도 이렇게 새로운 것들이 가득한 세상에 살고 있구나.

뻔하다고 생각했던 매일이, 그렇지도 않을 수 있다는 가능성으로 찰랑인다.

　기본적인 건반 코드도 못 짚으면서도 잘 치게 될 때 연주할 곡을 미리 골라놓고, 스트레칭도 잘 안되면서 토슈즈를 구경하고, 사진 찍는 것도 서툰데 포토샵 책부터 찾아보는 나날들.

　김칫국 마시기로는 둘째가라면 서러울 정도다.

　하지만 막상 시작해보면 처음의 열의는 점점 차게 식어가고, 미적지근한 상태가 계속된다(그래도 결제를 마친 수업이나 시작해버린 활동은 다 끝마쳐야 하니까). 그렇게 되면 별 성과 없는 짓을 하는 나를 자책하게 된다. 포인트는 시간 낭비를 했다는 것이 아니라 (그거야 언제든 한다) 되지도 않는 희망을 품었던 것에 대한 부끄러움이다.

　그야 당연하다. 세상엔 재능 있는 사람들이 너무너무 많고, 나는 이제 막 '무언가'에 대해 인지하기 시작한 수준인걸.

　그렇다고 남는 게 부끄러움과 자책뿐이냐 하면, 그건 또 아니다. 시작이 반이라는 말이 대대손손 전해져 온 건 이유가 있는 법.

　전혀 모르는 것과 조금이라도 아는 것 사이에는 큰 차이가 있다. 세상에 어떤 영역, 분야, 감각이 있다는 걸 인지한다는 것만으로도 보는 눈이 넓어진다.

'이 빵에 든 크림 맛있다'가 '이 커스터드 크림 은은하게 달고 부드러워' 혹은 '바닐라빈이 콕콕 박혀 있어서 향이 풍부해'로 발전된다. 그냥 듣던 음악에서 '헉, 이 기타리스트는 이 코드를 어떻게 이렇게 빨리 치는 거지' 하는 놀라움을 발견한다.

조금 안다는 건 더 알고 싶다는 욕구를 자연스럽게 불러일으키고, 더불어 남한테 아는 척하기에도 참 좋다.

이는 인간관계에도 그대로 적용된다. 새로운 사람을 만난다는 건 그 사람이 가지고 있는 우주를 고스란히 만난다는 뜻이니까.

스무 살이 되었을 때 그 사실에 엄청 흥분했던 기억이 아직도 생생하게 남아 있다. 매일 똑같은 환경, 비슷한 취향, 크게 다르지 않은 생활 패턴을 가진 친구들 사이에서 보낸 12년. 누구 하나 유별날 것 없던 그때와 모든 게 달랐다.

신이 나서 많은 사람들을 만났다. 점점 사람을 많이 만난다는 것에서 다양한 사람을 만나는 것으로 중심이 옮겨 갔다.

특히 이제껏 만나보지 않은 스타일의 사람을 마주하면 엎어진 물병처럼 쏟아져 나오는 호기심을 주체 못 했다.

돌이켜보면 참 겁도 없었다. 세상엔 좋은 사람이 많지만, 그 어떤 좋은 사람에게도 나쁜 면은 있기 마련이니. 상처도 혼란도 다분했다.

나는 사랑하는 남자를 두고 다른 남자와 첫 키스를 했다. 단지 슬픔을 나눠갖기 위한 의식으로서. 또한 그 경험으로 인해 나는 사랑뿐 아니라 슬픔을 공유하는 데에도 키스가 소용되는 것임도 알게 되었다. 그렇다. 나는 첫경험을 했다. 하지만 '첫'이 뜻하는 형식적 의미에 결코 구속받지는 않을 것이다. 이미 폐기처분된 체액을 썼다는 점에서 '첫경험'은 코푼 휴지와도 비슷한 점이 있다. 내 첫 키스의 기억은 코푼 휴지처럼 아무 데나 버려질 것이다.

그럴 때마다 은희경 작가의 《새의 선물》(문학동네, 2010)에서 이 구절이 떠올랐다.

'처음은 그 내용보다 처음이라는 것 자체로 의미를 다한 것이다. 새로운 문을 여는 열쇠의 역할을 한 걸로 충분하다. 그것의 형

식적 의미에 구속받지 않겠다.'

무지해서 용감할 수 있었던 선택들 뒤로 슬픔과 아픔이 뒤따를 땐 늘 이렇게 되뇌었다.

하고 많은 경험들이 수북이 쌓인 내 안을 들여다보면서, 서글픈 생각이 들기도 한다. 햄스터처럼 마냥 모아두기만 한 시작들이 내게 제대로 여문 열매를 준 일이 얼마나 되던가.

앞일은 1cm도 내다보지 못하는 인간인지라 내가 겪은 '첫○○'이 훗날 어떤 상처가 될지 예상치 못했던 멍청한 날들의 추억은 또 얼마나 얼룩덜룩한가 하는 마음에.

그럼에도 마치 부자가 된 듯한 착각에 빠지는 날이 많다. 나란 땅에 뿌려진 수많은 씨앗을 생각하면 배가 부르다.

안다. 아마 거대하고 튼튼한, 멋스럽게 자란 하나의 나무를 갖긴 힘들 것이다. 하지만 다른 사람들보다 많이 더디더라도, 훗날 이런저런 나무와 풀과 꽃들이 자라는(가끔은 독초도 있을지 모르지만) 풍요로움이 있으리라. 간혹 작은 열매도 맺히리라. 갖은 종류의 벌과 나비가 오가는 날도 여럿일 것이다.

그런 게 내가 꿈꾸는 충만함이다. 그러기 위해 나는 아직도 시
작이라는 씨앗을 찾아 헤매고, 뿌리고, 또 실패한다.

뭐 어때. 시작이 별건가?

질서가 없는 게
질서

내 앞에는 늘, 어김없이, 항상, '대충'이라는
수식어가 붙어요. 오늘 뭐 먹었어? 그냥, 대충
샌드위치로 때웠어.

안녕, 나는 샌드위치. 당신 앞에 놓인 샌드위치예요.

여유로운 일요일 오전, 한적한 스타벅스, 통유리로 된 한쪽 벽면
에서 쏟아지는 햇빛. 모든 것이 훌륭한데도 당신이 괜히 알 수 없
는 기분을 느끼는 이유가 궁금한가요?

그건 나 때문이에요.

오래전부터 당신이 날 닮았다고 생각해왔어요.

잠깐만요. 별로 좋아하지 않는 티가 확 나는데요.

표정 관리 좀 해줄래요?

나도 알아요. 샌드위치란 거, 식사도 아니고 간식도 아닌 애매한 위치에 있잖아요. 배는 고픈데 시간은 없고 끼니는 해결해야겠다 싶을 때 다들 찾곤 하죠. 그래서 내 앞에는 늘, 어김없이, 항상, '대충'이라는 수식어가 붙어요.

오늘 뭐 먹었어?

그냥, 대충 샌드위치로 때웠어.

좀 억울하긴 하지만 불만을 토로하려는 건 아니에요. 그런 식으로 사람들의 빈틈에 끼어드는 게 좋거든요.

배고픔과 바쁨 사이의 틈새, 혼자 식당에 앉아 있기 싫은 외로움의 틈새, 혹은 신속히 식사를 마치고 싶을 정도로 어떤 것에 몰두해 있는 마음과 에너지를 낼 음식이 필요한 몸의 틈새 말이에요.

나를 붙들고 있는 사람들은 저마다 인생의 가장 다급한 지점에 있는 거라고 믿어요. 사랑스럽잖아요, 그런 거.

사실 샌드위치는 '요리'라고 하기에도 민망한 구석이 있죠.

가만 보면 각 재료들을 그냥 얹어놓은 것뿐이니까.

토마토는 토마토대로, 계란은 계란대로, 구운 닭가슴살은 닭가슴살대로. 무슨 양념장을 정해진 분량으로 넣어야 하는 것도, 뭐 하나 빠진다고 해서 못 먹을 음식이 되는 것도 아니고 말이에요. 두툼하게 구워진 비프스테이크를 넣으면 충분한 저녁 식사 거리가, 땅콩 잼과 바나나를 넣으면 썩 괜찮은 디저트가 되는 식이죠.

나, 이런 부분이 당신이랑 비슷하다고 생각하지 않아요?

"질서가 없는 게 내 질서고, 방향이 없는 게 내 방향이야."

술에 취하면 당신이 종종 하는 이 말, 마치 내 얘기 같았거든요. 나도 뭐, 정해진 게 없으니까요.

당신은 어릴 적에 그게 불안했다고 했죠. 이것도 저것도 하고 싶어 하고, 이것도 저것도 좋아하며 살다가는 아무것도 이루지 못할 거란 생각이 들어서요. 자신이 마치 여러 마리의 토끼를 한꺼번에 잡으려는 욕심꾸러기 같다고 여기기도 했고요.

글 쓰는 것, 노래하는 것, 음식(그중에서도 술)에 대해 공부하는 것, 영화를 보는 것, 음악을 듣는 것, 여행하는 것, 춤추는 것. 생각해보면 누구라도 좋아할 만큼 뻔한 일들이라 더 시무룩해지기도 했겠죠.

하지만 그러면 뭐 어때요?

사실 샌드위치에 들어가는 재료도 하나씩 떼어놓고 보면 맛있는 것들뿐이에요. 토마토, 맛있죠. 양상추, 맛있죠. 데리야키 소스를 바른 닭가슴살이든 마요네즈를 섞은 참치든 얇게 썬 햄이든, 다맛있어요. 치즈는 두말할 필요 없고요.

그렇게 맛있는 것들을 모아서 더 맛있는 게 될 수도 있는 거잖아요. 나처럼요.

샌드위치 주제에 엄청 으스댄다고 여길 수도 있겠네요.

것보단 당신을 좀 다독여주고 싶었어요.

이래 봬도 당신이 제일 정신없고 힘들 때 늘 곁에 있었잖아요. 새로운 지면을 맡아 처음 취재를 나갔을 때, 한창 입사를 준비할 때, 과제와 시험에 시달리던 때, 홀로 외국 어딘가를 헤맬 때, 같이 밥 먹을 사람이 없을 정도로 당신이 시시한 사람이었던 때도요.

결국 지금 약간의 울적함과 멜랑콜리를 느끼는 건 그 시절의 기억들이 떠오르기 때문일 거예요. 그 자체가 슬퍼서가 아니라, 더 이상 그렇게 몰두하고 방황하지 않는 현재가 안타까워서요.

나와 너무도 오랜만에 만났단 게 그 증거죠.

할 일이라고는 월요일을 기다리는 것뿐인 직장인의 일요일 아침, 호사스런 기분으로 샌드위치를 먹는다니. 진짜 이상해.

이렇게 생각하는 거 아니에요?

그렇지만 걱정 마요. 당신이 늘 나하고 가까웠던 건 아니에요. 항상 안정적인 일상을 시작하면 나와 멀어지곤 한 걸요. 연애를 시작하면 번번이 나 따위는 세상에 존재했었나 싶을 정도로 까맣게 잊는 것 같았고요.

하지만 지금처럼 조급해하지 않아도, 또 나랑 질리도록 붙어 있어야 할 때가 올 거예요. 분명히요.

왜냐면 당신은 아직 너무 젊어서, 아니 어려서, 어떻게든 위태하고 혼란스러운 날들이 찾아올 테니까요. 그것도 앞으로 여러 번이요.

그러면 나를 붙들고 어디든 나아가요. 질서 없는 질서의 정수리를
뚫고서!

　기다릴게요.

나는 하나의 이야기가 아니다

제3부

단 한 사람을 위해
쓰습니다

> '쓰는 행위'를 계속해왔고, 지금도 하고 있고,
> 앞으로도 할 것이라면 직업과 상관없이
> 그 사람은 '쓰는 사람'입니다.

안녕하세요. 지현 씨.

지면에 실명을 적어도 되나 망설였지만, 이름을 부르는 것과 부르지 않는 것의 차이는 클 것 같아서요.

보내주신 메일 잘 읽었습니다. 고백하자면 그 메일을 종일 켜놓고 일하다가도 돌아와서 다시 읽곤 했어요. 독자분들이 종종 메일을 보내주시지만 이토록 절절하게 와 닿았던 적이 있었나 싶습니다. 당시 자존감 하락으로 고생하던 때라 지현 씨가 적어주신 "어떨 때는, 어떻게 이런 내용을 이렇게 쓸 수가 있지? 하는 생각이 들기도 하고, 여전히 가끔 몇 문장을 받아 적어놓기도 합니다. 누가 썼지? 하고 보면, 항상 에디터님의 성함이 있더라고요" 같은 문장에 위로 그 이상의 것을 받았기 때문일까요.

아니면 말미에 "에디터님처럼 글을 쓸 수 있으려면 어떤 노력을 해야 하고, 그 글이 어떤 직업으로 이어질 수 있는지요" 하는 어려운 숙제를 받았기 때문일까요.

어쨌거나 그다음 날부터 꽤 긴 답장을 적고 지우기를 반복했습니다. 기쁨과 감사를 말로 전하기도 어려웠지만, 지현 씨가 쥐어준 질문은 제가 늘 품고 있는 문제와 닮아 있어서요.

답을 알았다면 진즉에 풀었겠죠?

저로 말할 것 같으면 직업적으로 글을 쓰고 있긴 하지만, 욕심 같아서는 '글만 쓰는 직업'을 갖고 싶습니다. 에세이나 칼럼뿐 아니라 소설이나 시처럼 문학의 영역까지 넓혀가며 글을 쓰고 싶기도 하고요. 그래서 이런저런 시도를 매번(지금도) 하고 있지만 이제까지는 그럴듯한 성공은 없었네요. 우습죠?

게다가 제가 쓴 글을 좋아해주시는 분들이 늘 있음에도 불구하고, 저는 제 글이 마음에 쏙 든 적이 한 번도 없습니다. '약간' 마음에 들 때는 간혹 있지만요.

이렇듯 아직은 실패의 최전선에 서 있는 사람이라 지현 씨에게 그럴듯한 성공 방법을 이야기해주고 싶어도, 그럴 수가 없네요.

하지만, 꼭 하고 싶은 얘기는 있습니다. 지현 씨 이야기를 읽으면서 마음 아팠던 부분이 있거든요.

"대학을 다니면서 그래도 그나마 관심이 있었던 걸 꼽으라면, 읽고 쓰는 거(리포트나 자소서가 아닌, 신변잡기와 같은 칼럼과 소설이나 영화를 보고 쓰는 칼럼이요. 리포트나 자소서를 잘 썼다면 인생이 달라졌겠죠)라고 자신 있게 말하고 싶지만 취업 앞에서는 이런 말을 하기가 쉽지 않은 것 같습니다."

이제는 기억이 가물가물하긴 하지만, 제 자소서에 어린 시절 이야기가 있었습니다. 초등학교 때부터 책을 좋아해서 글을 곧잘 쓰곤 했는데요. 덕분에 여러 백일장에서 상을 많이 탔죠.

중학교 입학할 때는, 시가 뭔지도 모르면서 시인이 되겠다고 말하고 다녔습니다. 주변에서 잘한다 잘한다 하니까 진짜로 잘하는 줄 알았나 봐요. 중학교 2학년쯤 되니 어느 날 갑자기 내가 쓴 글들이 쓰레기 같아 보였습니다. 아마 그때부터 작가가 누구고 글의 전개가 어떻고, 그런 것들을 제대로 인식하기 시작했겠죠.

그러고 나니 너무 절망스럽고 부끄러웠습니다. 나 같은 건 안 되겠다. 바로 포기했어요. 그런데 결국, 이렇게 뭔가를 쓰고 있네요. 원점으로 다시 돌아온 거죠.

좌절에 빠져 있던 어린 시절에, 부모님은 저에게 말씀하셨습니다. 글은 언제든 쓸 수 있다. 얼마든 쓸 수 있다. 어떤 직업을 가지더라도 글은 쓸 수 있다고요.

맞는 말입니다.

'쓰는 사람'으로 살아갈 수 있게 하는 건 '쓰는 행위'뿐이니까요. '쓰는 행위'를 계속해왔고, 지금도 하고 있고, 앞으로도 할 것이라면 직업과 상관없이 그 사람은 '쓰는 사람'입니다.

글쓰기는 우리 자신으로부터도 우리를 해방시킵니다. 왜냐하면 글을 쓰는 동안 우리 자신이 변하기 때문입니다. 글을 쓰기 전까지 몰랐던 것들, 외면했던 것들을 직면하게 됩니다.

김영하 작가의 산문집 《말하다》(문학동네, 2015)의 한 구절입니다. 리포트나 자소서를 쓰면서 우리가 변하는 일은 별로 없습니다. 하지만 지현 씨가 말한 '신변잡기 같은 칼럼과 소설이나 영화를 보고 쓰는 칼럼'을 적어 내려갈 때는 다르죠.

책 속에는 이런 문장도 있습니다.

언어는 논리의 산물이어서 제아무리 복잡한 심경도 언어 고유의 논리에 따라, 즉 말이 되도록 적어야 합니다. 이 과정에서 우리는 좀더 강해지고 마음속의 어둠과 그것에 대한 막연한 공포가 힘을 잃습니다. 이것이 바로 글쓰기가 가진 자기해방의 힘입니다.

내가 보고, 듣고, 느낀 것을 하나의 생각으로 정리해 언어로 나타내는 과정. 글쓰기는 자기해방이기도 하고 자기 발견이기도 합니다.

저는 매번 신기합니다. 쓰기 전까지는 부옇고 희미했던 무언가가 형태를 갖춘다는 게요. 마치 지도를 그리는 것처럼, 이제까지 발 디디고 서 있던 곳이 어딘지 알아가게 되는 겁니다. 글을 쓰지 않는다면 불가능한 일이겠죠.

그러니 지현 씨도 멈추지 말고 쓰세요.

그러다 그것이 직업이 된다면 좋겠죠. 하지만 다른 직업을 가지더라도 얼마든지 '쓰는 사람'일 수 있습니다. 잡지사나 출판사처럼 글 언저리에 머물며 글을 쓸 수도 있지만, 은행이나 컴퓨터 회사처럼 글과 동떨어진 곳에서도 글을 쓸 수 있죠. 심지어 카프카 같은 사람처럼, 평생 글쓰기가 직업이었던 적이 없었지만 후세에 길이 남을 글을 쓰게 될 수도 있고요.

여기까지 쓰면서 저 스스로도 '쓴다'는 걸 어떻게 생각하는지 발견하고 확인하게 된 것 같아요. 지현 씨에게 화답하기 위해 첫 문장을 적어 내려갔지만, 마지막에 오니 저 자신에게 대답하기 위해 쓴 것 같네요.

그러니 이 글은 단 한 사람이 아니라 지현 씨와 저, 두 사람을 위해 쓴 글이라고 해야 할까요? 혹 독자분들 중 자신을 위한 이야기처럼 들리는 사람이 한 명쯤은 더 있을 수 있으니 우리 세 사람을 위한 글이라고 해두죠.

언젠가는 어디선가 지현 씨의 글을 만날 날을 기대할게요.

그럼, 안녕히 계세요.

자급자족
위로

과연 5년 전, 10년 전의 내가 상상이나 했을까.
이렇게 스스로 번 돈으로 아픈 나를 위해
초밥을 사는 내 모습을.

어린 시절, 나에게 초밥은 거의 '환상의 음식' 같은 거였다.

뭔가 대단한 날(예를 들어 아빠 생신)에나 맛볼 수 있는 음식이었다고 할까.

하얗고 길쭉한 모자를 쓴 요리사 아저씨들이 큼지막한 손으로 밥을 몇 번 쥐었다 펴서 예쁜 모양으로 만들고, 그 위에 척하니 회를 얹는 걸 보는 게 마법을 보는 양 신기했다.

빈 모자에서 토끼가 튀어나오는 것도 아닌 그 장면을 경이롭게 여긴 것은 아마도 만화《미스터 초밥왕》의 덕이 크리라.

지방에서 막 상경한 까까머리 쇼타가 어엿한 일식 주방장으로 성장하는 과정도 흥미롭긴 했지만, 그보다는 맛을 표현하는 방식이 더 볼만했다.

만화 속에서 초밥은 단지 밥 위에 생선을 얹은 음식이 아니었다. 밥을 양념하는 식초물이 어떤 비율이어야 하고, 밥 안에 공기를 넣어야 하며, 심지어 쥐는 횟수를 최소화해야 하는 엄청난 일로 묘사됐다. 사용되는 생선은 어린 내가 듣도 보도 못한 신기한 이름이었고, 그걸 또 찌고 익히고 갈고 말아가며 온갖 수를 썼다.

게다가 그 초밥을 먹는 사람들의 표현 방식은 거의 가관이다.

오십대 미식가는 얼굴 전체에 땀이 막 맺히면서 입술이 뾰족해지고 몸을 배배 꼬았다. 입 안에서 바다가 밀려온다느니 참치의 무슨 부위가 파닥거린다느니 괴상한 소리도 해댔다.

내 동생은 심지어 이 만화 때문에 처음 초밥을 먹기 시작했다.

과일도 가려 먹던, 엄청난 편식쟁이였는데!

부모님은 아마 우리를 데리고 일식집에 가는 걸 재미있어 하셨을 것 같다. 말만 들어도 환호를 지르고 엉덩이춤을 추고 다녔으니 그럴 만도 했다.

지금의 내게 초밥은 힐링 푸드다. 좀 멋없는 말로 하면 환자식.

죽만 먹어야 하는 장염이 아닌 이상 굳이 아픈 몸을 이끌고 집 근처 초밥집까지 나가 포장한 초밥을 들고 온다. 아파서 초췌하기 짝이 없는 꼴을 하고 있지만, 달랑달랑 포장된 초밥을 손에 들고 있으면 집으로 오는 길이 즐겁다. 맛있지만 한 끼 식사치곤 비싼 가격의 음식을, 아픈 나를 위해 척척 살 수 있다는 사실에 약간 우쭐하기도 한다. 어른이 됐다고 느낀다.

물론 집에 돌아가면 앉은뱅이 식탁에 앉아 포장용기를 뜯어야 한다. 사방이 조용하고 고양이만 기웃기웃. 아픈 나를 도와줄 손길은 하나도 없다.

그런데도 초밥 먹을 생각에 장국을 옮겨 담고 간장을 붓는 게 신난다. 광어, 참치, 연어, 한치부터 계란과 유부초밥까지 푸짐하게 담겨 있는 세트는 사실 혼자 먹기에 좀 벅찬 양이다. 언제나 밥을 적게 쥐어달라고 부탁하지만 그래도 버겁다. 그렇다고 피자나 치킨처럼 남겨뒀다 먹을 수도 없는 음식이라 시간이 오래 걸려도 꾸역꾸역 끝까지 먹는다.

그러다 보면 눈물이 좀 나기도 한다. 과연 5년 전, 10년 전의 내가 상상이나 했을까. 이렇게 스스로 번 돈으로 아픈 나를 위해 초밥을 사는 내 모습을. 이렇게 엄마도 아빠도 없는 집에 동그마니 앉아 초밥을 먹다 찔끔찔끔 울기도 하는 이런 장면을.

이래저래 훌쩍거리다가도 다 먹고 나면 여지없이 '아, 맛있었다' 하는 생각이 든다. 약을 챙겨 먹고 이불 속으로 기어들어 간다. 방 안에는 남는 음식 냄새도 없고, 발밑과 허리춤에 두 고양이 온기만 느껴진다.

다시 5년, 10년이 지나면 나는 어떻게 변할까.

그때의 아픈 나는 어떤 방식으로 스스로를 다독일까.

아직은 모르겠다. 하지만 어떤 방식이든, 적어도 스스로를 위안하지 못하는 사람이 되지는 않으리라.

그 사실이 우습지만 대견하다.

나는 하나의 이야기가
아니다

어떤 조각은 아프고 어떤 조각은 예쁘지만
좋은 것만 골라내 나를 만들려고 하면 부분 부분
구멍이 뚫리고 무너져내릴 것이 분명하다.

내 속엔 내가 너무도 많아. 당신의 쉴 곳 없네.
내 속엔 헛된 바램들로 당신의 편할 곳 없네.

이제는 너무도 유명한 곡, 〈가시나무〉의 가사다.
누구나 한 번쯤은 이런 생각을 해봤으리라. 누굴 만나는지, 어떤
상황에 놓여 있는지에 따라 나 자신은 이런 사람이 되기도 저런 사

람이 되기도 한다. 그 간격이 개인마다 다를 순 있어도 차이가 있다는 것은 분명하다. 엄마 앞에선 영원히 철부지인 모습과 책임감을 가져야 하는 그룹 리더로서의 모습이 같을 순 없지만, 때론 어느 쪽의 내가 진짜인가 의심이 든다.

가끔 나 아닌 모습을 무리하게 연기하고 있단 느낌이 엄습해오면 괜한 불면이 찾아오기도 한다. 하지만 내가 어떤 마음이건, 외부에서 보기엔 그 모습들 전부 '나'일 뿐이다.

살아가는 날이 늘어날수록 내 안의 '나'들은 하나둘 몸을 늘린다. 낯선 환경에 적응하면서, 새로운 사람을 만나면서, 곁에 있던 사람을 떠나보내면서, 다른 곳으로 일상의 터전을 옮겨 가면서…. 나는 종종 희미해지거나 아예 없어지기도 하지만 새로 생겨나는 수가 더 많다.

그런 나의 모습 중 어떤 것은 진짜이고 어떤 것은 가짜라고 판별할 수 있을까?

만약 가능하대도, 그건 나의 어떤 모습이 가짜이기 때문이 아니라 내가 바라고 되고 싶은 모습과 멀기 때문이 아닐까.

그 기준에 가까운 나는 진실되다고 믿고, 그렇지 않은 나는 단지 '연기하는 나'로 명명하며 마음의 짐을 덜어내려는 걸지도 모른다.

거울을 물끄러미 들여다보며 그런 생각을 한 날이 있다.

마치 모자이크처럼, 여러 가지 나의 조각들이 모여서 전체를 구성하고 있는 거라고. 어떤 조각은 아프고 어떤 조각은 예쁘지만 좋은 것만 골라내 나를 만들려고 하면 부분 부분 구멍이 뚫리고 무너져내릴 것이 분명하다고.

하기야 문제는 거기 있지 않다. 내가 보는 나보다 남이 보는 나의 모습이 훨씬 다양하고 종잡을 수 없으니 말이다.

엘리자베스 스트라우트라는 작가가 쓴 《올리브 키터리지》(문학동네, 2010)라는 장편소설이 있다. 우리나라에선 유명하지 않지만 이 소설은 2009년에 퓰리처상을 받기도 했다.

책에는 올리브 키터리지라는 한 여성을 중심으로, 그 주변 인물들의 이야기를 담은 열세 편의 단편이 들어 있다. 각각의 단편 속에서 그녀는 주요 인물이기도 하고, 스쳐 가는 단역이기도 하다(본인이 화자인 단편도 있다).

다양한 사람들이 여러 각도에서 이야기하기 때문에 책 속의 올리브에겐 수많은 일들이 일어난다.

그녀 자신은 아들의 아내를 미워할 만큼 자신의 아이를 사랑하고 헌신적이었지만, 정작 아들은 엄마의 편집증적인 성격 때문에 두려움을 가졌다는 것. 약사였던 남편은 같은 가게에서 일하던 여직원을 몹시 아끼고 사랑하면서도 올리브를 떠나는 것에 대해서는 '제 다리를 한쪽 톱으로 썰어내는 것만큼이나 상상할 수 없는 일'이라고 생각한 반면, 비슷한 시기에 그녀는 동료 선생과 애정을 품게 되어 모든 것을 버리고 떠나려 했었다는 것. 고향을 찾은 지난 제자의 자살을 의도치 않게 막았고, 불륜과 우정 사이의 한 커플과 함께 거식증에 걸린 여자애를 구해주려 했지만 결국 그 아이는 죽음을 맞이하게 되었다는 것. 이 정도도 일부다.

책의 첫 장과 마지막 장 사이에는 꽤 긴 시간, 그러니까 올리브가 십대 아들의 부모였던 삼십대 시절부터 식물인간이 된 남편을 보살피는 육십대에 이르기까지 30여 년의 시간이 담겨 있다. 게다가 방향이 없기 때문에 요약이란 게 불가능하다.

하지만 인간의 생이란 원래 그런 거잖아?

분명한 기승전결을 가지고 하나의 주제로 잘 짜인 게 아니라, 다양한 글들이 모여 구성되는 커다랗고 풍성한 책 같은 것. 결국 한 사람의 인생은 그가 포함된 수많은 이야기들의 집결지다.

만약 나의 이야기들을 전부 통제하려고 하면 매일을 살기가 팍팍해질 게 분명하다. 저 사람은 날 어떻게 생각할지 전전긍긍하고, 늘 끼어드는 우연들로 어그러지는 계획 하나하나에 괴로워하게 될 테니까. 어쩌면 원했던 방향이 틀어졌다는 이유 때문에 실패한 삶을 사는 기분에 휩싸일 수도 있다.

하지만 사소한 사건들을 내가 정할 순 없는 걸 어쩌나. 그건 신인지 창조주인지 운명의 거대한 힘인지가 결정할 일이고. 단지 주인공으로서 우리가 좌지우지할 수 있는 건 살아가는 태도, 그러니까 이야기의 성격 정도일 것이다.

나는 일찌감치 통일성을 이루려는 목적은 버렸다.

차라리 더 많은 상황과 사람을 만나 삶을 이루는 목록을 왕창 늘리고 싶다. 그래서 내 삶이 끝나도, 나란 주인공에 대해 의견이 분분했으면 좋겠다.

자꾸 이야기하고 싶고, 다시 들춰보고 싶은, 그런 책이 된다면 지금 내 인생이 쪼금 혼란스러워도 얼마든지 감수해보지, 뭐.

매력적인
무심함

피망처럼 파릇한 날이 있는가 하면, 감자처럼
무덤덤한 날도, 닭가슴살처럼 퍽퍽한 날도 있다.
마음에 안 든다고 어떤 하루를
내다 버릴 수는 없다.

평소 나는 '무심함'을 '무지'로 연결시키는 고약한 성격을 갖고
있다.

현대미술을 보면서 '저건 나도 하겠다' 하고 말하는, 상업적이지
않은 영화를 보면서 '이러니까 안 팔리는 거야' 하고 반응하는, 오
래 고민해온 감정적인 문제들을 털어놓았는데 '그냥 좋게 좋게 생
각해' 하고 답하는 무심함들은 폭력적이다.

그들은 민감한 사람을 이기적인 사람으로 만들고, 취향을 고수하는 일을 단지 까탈 부리는 것처럼 보이게 한다. 누구나 뾰족한 부분을 가지고 있어야만 자기만의 사고방식을 만들 수 있다고 생각하는 나 같은 사람에게, 무심하고 무던한 건 '기피대상 1호'다.

하지만 이런 내가 잘못됐다는 생각을 가끔 한다, 카레 때문에.

카레는 무심하기로 일등이다.

일단 달콤한 맛, 순한 맛, 매운맛, 일본식, 인도식, 한국식, 우스터소스를 넣은 것, 케첩을 넣은 것, 크림을 넣은 것 등등 너무나도 다양한 종류에도 불구하고 모두가 뭉뚱그려 생각하는 '카레 맛'이 있다. 밥뿐만 아니라 돈가스나 우동처럼 아무 데나 얹어 먹는 것도 그렇다.

마치 영화배우 하정우 같다. 〈추격자〉에서는 소름 끼치는 무표정을 하고 사람을 척척 죽이더니, 〈국가대표〉에서는 재수 없는 교포 출신의 체육 선수 캐릭터로 눈물 연기까지 소화하고, 〈러브픽션〉에서는 찌질해서 더 짜증나게 귀여운 남자의 면모까지 보이는 배우. 하지만 오버해서 눈물을 마구 흘린다거나 감정이 마구 넘치는 연기를 하는 것도 아니다. 어느 영화에 넣어놔도 자기 것인 양 쓱 쓱 흡수하고 어떤 배우 앞에서도 자기 연기를 그럴싸하게 얹을 뿐이다. 그의 연기에 '결이 섬세하다'든가 '예민한 눈빛' 같은 수식을 붙이는 것도 어색하다. 그냥 자연스럽게, 그럴듯하다.

물론 카레에게도 단점은 있다.

특유의 맛이 강해서, 안에 들어간 재료들의 맛을 덮어버린다는 것. 색 또한 어찌할 수 없는 걸쭉한 빛깔이라 그 안에서 제 색을 낼 수 있는 재료는 거의 없다. 하지만 방금 입에 들어간 조각이 감자인지 당근인지 익힌 브로콜리인지 헷갈려도, 어쨌거나 맛있으니 괜찮다.

만약 그렇게 '카레 같은' 사람이 있다면? 무심해도 매력적일 것 같다.

한때는 예술가 기질을 가졌다거나, 지식과 경험이 풍부하다거나, 어쨌거나 멋들어진 사람만이 최고라고 생각했다. 그게 '매력'이고 '색기'라고 여겼다. 예민한 감성으로 더 많은 영화, 음악, 책을 흡수하고 경험을 쌓는 것만이 성장이라고 믿었다.

나뿐이 아니다. 그러지 못해 조바심을 내는 청춘들을 많이 보았다. '마음속의 어린아이를 포기하지 말라'고 말했던 영화감독 스티븐 스필버그, '무엇과도 바꿀 수 없는 존재가 되려면 늘 달라야 한다'고 했던 디자이너 코코 샤넬처럼 성공한 모든 사람들도 그 마음을 부추긴다.

하지만 일상은 그렇지 않다.

피망처럼 파릇한 날이 있는가 하면, 감자처럼 무덤덤한 날도, 닭가슴살처럼 퍽퍽한 날도 있다. 마음에 안 든다고 어떤 하루를 내다 버릴 수는 없다. 조용히 끌어안아야 한다.

폭폭 끓는 카레 속에서 그런 일상을 본다.

한번은 심술이 동해서 이것저것 냉장고 안의 것들을 넣어봤다. 소시지, 시금치, 사과, 심지어 참치까지 넣어봤는데 결과는 그냥 '카레'였다. 맛있었다.

예전이라면, 시시하다고 여겼을 것이다. 하지만 지금의 나는 대단하다고 생각한다.

이렇게 무엇이든 무심하게 자기 것으로 흡수해버리다니.

여기서 포인트는 '무심하게'다. 언젠가는 나도 그런 사람이 될 수 있을까? 카레를 보고도 이렇게 심각해지는 내가?

잘 알지도
못하면서

앞으로 살아가야 할 인생에 대해
차라리 몰랐다면 두렵지나 않을 것이다.
알긴 알되 '잘' 알지는 못해서 매일을 딛는
발걸음이 후들거린다.

언제부턴가 명절들이 단순히 '긴 연휴'로 다가온다. 반갑긴 하지
만 설렘은 없는 날. 부모님 댁으로 내려가는 발걸음엔 반쯤의 피로
와 응석이 얹혀 있다.

그래도 하늘은 예쁘네.

열차를 기다리며 하염없이 고개만 들고 있었다.

간만에 집. 진짜 집이다.

엄마 아빠와 살가운 인사를 나누고, 독립하기 전까지 내가 썼던 방에 들어가니 못 보던 책장이 들어와 있었다. 열두 살 때부터 쓰던 책장이 비워진 자리에는 잊고 있었던 과거들이 세 박스나 쌓여 있었다. 명절 연휴가 끝날 때까지 그 박스들 안에 있는 수첩, 일기, 편지, 교환일기와 스티커 사진 등을 버릴 것과 남길 것으로 분류하는 게 내 과제로 주어졌다. 아무 생각 없이 손에 잡히는 다이어리를 열었더니 눈에 띄는 첫 문장.

'내가 가진 모든 문들이 소멸했다.'

아찔했다.

어릴 적의 나는 어른인 척하는 데 통달한 아이였다. 책 때문이었다.

얼른 자라는 엄마를 속이기 위해 자는 척하고 이불을 뒤집어쓴 채 읽은 책들이 사춘기에 이르자 이상한 방식으로 발현되기 시작했다.

'유리되다', '황망하다'와 같은 단어를 아는 중학생 여자애. 그 애는 2대 2 미팅에서 만난 남자친구와 헤어졌다는 친구에게 '삶에는 이별이 곳곳에 산재되어 있어' 따위의 문장이 적힌 편지를 전해주곤 했다. 이미 책 속에서 수차례 사랑과 이별을 겪은 나였다. 그것도 종류별로 배신, 실연, 사별, 사랑으로 이르는 자살까지 말이다.

나는 세상이 너무 시시하다고 여겼다.

잘 알지도 못하면서.

다행히 이십대로 넘어오면서 나는 조금 변했다. 무슨 짓을 해도 아무도 신경 쓰지 않는다는 것, 혼자여도 괜찮다는 것, 나를 망칠 (F학점을 받을) 자유까지 주어진다는 것 모두가 마음에 들었다.

전에 없이 사람들을 만나는 것에 흥미를 느끼기 시작했다. 고만고만한 환경에서 비슷한 얘기들만 나누던 학창 시절과 달리 각자가 자기의 우주를 갖고 있었다.

일렉트로닉 음악에 빠져 있는 사람, 중학생 때부터 긴 연애를 이어 오고 있는 사람, 화장품이라면 모르는 게 없는 사람, 사진을 잘 찍는 사람…. 책에 비하면 완벽하진 않아도 생생히 살아 있었다.

그들의 얘기를 들으면서 체온과 숨결을 가진 문장이라는 게 얼마나 강력할 수 있는지 금세 깨달았다. 물론 어떤 사람은 쉽게 읽힐 만한 얕은 우주를 가지고 있었지만.

그래서 나는 '금사빠(금방 사랑에 빠지다)' 증세를 앓게 되었다. 어떤 주제, 장소, 물건 혹은 음식도 마찬가지였다. 스무 살 무렵엔 거의 백지 상태였기 때문에 내 세상에 들어온 것이라면 무엇이든 엄청 대단한 것인 양 굴었다.

친구들과 펑크 밴드를 하기 시작하면서는 '음악의 기본 정신은 펑크'라고 떠들고 다녔다. 홍대의 어느 구석진 카페를 알고 나서는 인천에 있던 집에서 매일 한 시간 반씩 걸려 그곳을 들락거렸다. '이런 곳에 있어야, 마음이 쉴 수 있다'는 얘길 했던 것 같기도 하다 (잊고 싶다).

물론 사람의 경우엔 더 심했다. 한번 관심을 갖기 시작하면 여러 방향으로 눈여겨봤고, 이런저런 질문들을 해댔다. 졸졸 따라다니기로는 동네 강아지 못지않았다. 돌이켜보면 그건 상대를 위한 마음이 아닌, 폭력적이고 일방적인 애정이었다.

그 무렵 나는 세상이 너무 사랑스럽다고 생각했다.

잘 알지도 못하면서.

지금의 나는 더 이상 세상이 시시하지도 사랑스럽지도 않다.

한 문장으로 설명하기엔 너무도 복잡다단하지만, 굳이 말해보
자면 이건 '두려움'에 가까운 마음이다.

나는 세상이 너무 두렵다.

잘 알지도 못하면서.

이렇게 살 수도 없고 이렇게 죽을 수도 없을 때 서른은 온다.

이 문장을 시의 첫 줄에 썼던 것은 최승자 시인이었다.

정말이다. 이만큼이나 살았는데 삶을 모른다고 하기엔 너무 늦
었고, 이만큼밖에 안 살았는데 삶을 안다고 하기엔 너무 이르다.

꿈꾸었던 것들은 이미 손에 닿지 않을 만큼 멀어졌는데, 이대로
포기하기엔 남은 시간이 길다. 앞으로 살아가야 할 인생에 대해 차
라리 몰랐다면 두렵지나 않을 것이다. 알긴 알되 '잘' 알지는 못해
서 매일을 딛는 발걸음이 후들거린다.

그런데 아마도 그것이, '잘 알지 못한다'는 것이 남은 생 동안 미약하게나마 나를 이끌게 되리란 예감이 든다.

꼼꼼히 알아보았는데도 실망스럽다면 미련 없이 포기할 수 있다. 하지만 잘 알지도 못하면서, 여기서 그만둘 수는 없으니까.

내가 오랫동안 소망했던 일이든, 사랑해 마지않는 사람이든, 여지없이 살아가야 할 삶이든. 잘 알지도 못하면서, 잘 알지도 못하니까, 꼭 붙들고 있게 될 것이다.

지금처럼 계속.

금지된
질문

하지만, 정말 그래도 괜찮을까? 질문이 금지되어
있는 어른들의 세계를 맞닥뜨리면 나는 늘
걱정이 된다.

"그런 질문을 뭐하려고 해?"

말문이 막혔다. 벌써 몇 번째인지 모른다, 이런 반응.

나는 여러 사람하고 술을 마시는 일이 잦다. 술자리를 너무 좋
아해서, 는 절대 아니고, 술 자체를 좋아하다 보니 자연스럽게 그
렇게 됐다.

정치, 문화, 스포츠처럼 보편적인 주제를 지나고 나면 개인적인 이야기에 당도하기 마련. 하나둘 취기가 오른 사람들은 자기 얘기를 꺼내놓느라 정신이 없다. 그 정도 취하면 내가 자주 꺼내는 질문이 있는데, 그게 저런 반응을 불러일으킨다.

결혼은 언제 하느냐, 취업을 하긴 할 거냐, 계속 솔로로 지낼 거냐. 이런 질문은 아니다.

"왜 살아?"

내가 물은 건 단지 그것뿐이었다. 나는 애꿎은 술잔만 만지작거렸다.

왜 살고 있는가. 이것은 내가 늘 안고 있는 질문이다.

고뇌에 찬 철학자처럼 미간을 찌푸리며 '인간은 왜 사는가'에 대해 깊이 성찰을 하는 건 아니다. 그저 나란 사람이 죽지 않고 살아 있어야만 하는 이유가 자꾸 궁금하다. 어떤 답도 날 완전히 설득시키지 못해 그 질문을 떨치지 못하는 것이다. 단순하다.

누군가와 이 질문에 대해 얘기를 하다 보면 상대방의 중심을 어렴풋이나마 짐작하게 된다. 질문에 대한 정답을 원하는 건 아니다. 게다가 대부분은 비슷한 답변을 한다. 중요한 건 질문 그 이후다.

똑같은 답변을 하더라도, 거기까지 이르게 된 과정은 각각 다르다. 결국 이야기는 삶에 대한 태도로 향하게 된다. 나는 그 부분이 가장 마음에 든다.

누군가는 삶을 어둠으로 보고, 누군가는 여행으로 본다. 어떤 사람에게는 전쟁터거나 정글이고, 어떤 사람에게는 물살이 센 강물이다.

하지만 아쉽게도 대화가 여기까지 다다르는 건 쉽지 않다. 많은 사람들이 혼란스러워하거나 꺼려하기 때문이다.

어느 날 밤, 누군가가 이렇게 말했다. 사실 그 질문, 계속 피하고 있었는데. 그러고는 쓸쓸한 웃음을 지었다. 어쩔 수 없다는 듯 짓는 그 웃음은 그의 트레이드마크다.

"피하고 있다고?"

나는 놀랐다. 그는 뒤이어 설명했다.

"그 생각을 계속하게 되면 사는 게 갑갑해져. 답이 나오는 것도 아닌데 계속 가지고 있기엔 너무 무거운 질문인 것 같아. 나는 그래서 언제부턴가 내려놨어. 그리고 모른 척하는 거지."

여기까지 말한 후에 새초롬한 표정을 짓더니, "좀 비겁한가?" 하고 물었다. 그 표정에 웃음이 터진 나는 고개를 저으며 전혀 그렇지 않다고 했다. 누구에게나 확인받고 싶은 마음이란 게 있다.

그날 이후 술자리에서 왜 사느냐는 질문을 참기 시작했다.

여전히 의문은 많다.

왜 사는지를 생각하지 않는다면, 왜 돈을 버는지는 어떻게 생각하지? 왜 결혼을 하는지는? 왜 연애를 하고 섹스를 하는지는? 왜 학교나 학원에 다녀야 하는지는?

이해는 된다. 왜 사는지에 관련된 모든 질문들은 답을 가질 수 없다. 어떤 것은 순간적으로 완벽한 답을 갖기도 하지만, 시간이 지나면서 곧 변하게 된다. 질문으로서의 질문을 계속 쥐고 있는 것은 힘이 든다. 그래서 대다수가 선택하는, 얼추 정답 같은 것을 찾아내면 더 이상 질문하는 걸 멈춘다.

결혼을 한 사람은 내가 왜 결혼을 했는지에 대해 더 이상 생각하지 않는다. 취업을 하고 나면 내가 왜 매일 아침 같은 시간에 일어나 일을 하러 나가야 하는지에 대해 생각하지 않는다.

그렇게 하는 쪽이 삶을 지속해가기에 훨씬 편하다. 어린아이들과 달리, 어른은 알고 있기 때문이다. 삶이 생각보다 어마어마하게 길다는 것을.

하지만, 정말 그래도 괜찮을까?

질문이 금지되어 있는 어른들의 세계를 맞닥뜨리면 나는 늘 걱정이 된다. 괜찮을까, 저 사람들?

그렇다고 내 입장이 더 낫다는 건 아니다. 나야 말로 '왜 사는가?'라는 질문을 벗어나지 못해서, 그들이 칭하는 중2병이나 앓으며 철없는 소리를 지껄이고 제멋대로 행동하고 있는걸.

어느 쪽이 어느 쪽을 걱정해야 되는 건지, 나도 잘 모르겠다.

하지만 가끔은, 술기운을 빌려서라도 그 금지된 질문을 하고 싶다. 당신이 궁금하니까.

"왜 살고 있어요?"

조금 조금씩
바뀌어가면서

다들 내게 사랑을 받기는 했지만 주진 않았다.
많이 사랑하는 것이 꼭 좋은 방법은 아니라는 걸
어렴풋이 깨달아갔다.

누군가 십대에는 뭘 하고 지냈냐고 묻는다면, 내가 할 수 있는 답은 하나뿐이다.

연애.

만약 다른 무언가를 연애처럼 열심히 했다면, 나는 이미 그것의 전문가가 되어 있을 게 분명하다. 하지만 연애에 전문가 따위는 없으니 아쉬울 뿐이다.

중학교 3학년 겨울, 어떤 아이를 좋아하게 됐다.

친구가 좋아하는 아이였던가, 이미 애인이 있었던가. 그런 건 별로 중요치 않았다.

그때의 나는 지금과 달라서, 굉장히 막무가내였고 중도를 몰랐다. 그 애가 아르바이트하는 가게를 거의 매일 드나들다시피 했다. 돈가스, 볶음밥, 오므라이스 등을 파는 싸구려 식당이었다.

나는 주로 햄버그스테이크를 시켰다. 마요네즈에 버무린 마카로니, 길게 썬 단무지 몇 개, 채 썬 양배추로 만든 샐러드 등이 한편에 놓이고 조악한 고깃덩어리 위로 달짝지근한 소스가 뿌려진 모습. 잘 닦이지 않아 끈적끈적한 테이블, 싸구려 인조가죽으로 만든 낡고 커다란 의자들, 교복을 입거나 입지 않은 학생들이 드문드문 앉아 있었고 늘 시끌벅적했다.

후식으로 싸구려 아이스크림이 작은 은색 접시에 담겨 나오면, 그걸 천천히 먹으면서 서빙하는 그 애를 눈으로 좇았다.

결국 그 애와 이루어졌던 게 언제였는지 확실히 기억나진 않는다. 물론 어린 연인들이 할 수 있는 일이라고는 방과 후, 아르바이트 후, 혹은 그 사이사이 시간들에 얼굴을 마주하고 시시한 얘기들을 진지하게 하는 것뿐이었다.

헐렁한 맨투맨을 입은 그 애를 안으면 기름 냄새가 달큼하게 풍겼다. 짙은 섬유유연제 향으로도 숨겨지지 않는 그 진득한 냄새는 그 애의 머리칼에도 어깨에도 손등에도 배어 있었다.

학원을 가거나 야자(야간 자율학습)를 빼먹으면서 저녁을 대충 보내는 나 같은 아이에겐 생소하고, 그래서 더 애잔한 냄새였다. 그런 감상적인 마음은 나를 더욱 헌신적이고 열정적이고 막무가내로 만들었던 것 같다.

결과는?

아웃.

늘 생각하는 거지만 십대의 나는 연애를 무지막지하게 하는 스타일이었다. 모든 것이 백 퍼센트이길 원했다. 떨어지면 괴로워하고, 머리카락 한 올까지 몰두하고, 매달릴 필요 없는 순간에도 매달렸다.

지금 와서 생각하면 우습다. 하지만 당시의 나는 그럴 수밖에 없었다. 내가 좋아했던 아이들은 하나같이 전부, 스러질 것 같았으니까.

할머니와 단둘이 사는 아이, 자기를 낳다가 엄마가 돌아가신 아이, 아빠의 애인이 수도 없이 바뀌는 아이. 심지어 이혼한 엄마 아빠 둘 모두가 받아주지 않아 혼자 살아야 했던 아이도 있었다. 어떻게 그런 애들만 골라 만날 수 있었는지 신기할 정도다. 그에 비해 사랑받으면서 자란 나는 에너지가 넘쳤기 때문에, 허세를 부리고 영웅 심리를 발휘할 여유가 있었다.

하지만 그런 방식은 늘 헤어짐만 불러왔다. 다들 내게 사랑을 받기는 했지만 주진 않았다. 많이 사랑하는 것이 꼭 좋은 방법은 아니라는 걸 어렴풋이 깨달아갔다.

이제는 햄버그스테이크를 잘 먹지 않는다. 딱히 이유가 있어서는 아니라 입맛이 바뀐 것이다.

입맛처럼 누군가를 좋아하는 방식도 많이 바뀌었다. 더 이상 상대에게 매몰되지 않고 내 감정에만 매달리지 않는다.

가끔은 애정으로 인한 광기 같은 게 그리울 때도 있다.

그 뜨거움, 그건 정말 멋지니까! 하지만 알면서도 이젠 안 된다.

별수 없다. 이렇게 바뀌게 되리라는 것을 그 옛날의 내가 알았더라면 어땠을까.

앞으로 내가 어떤 음식을 좋아하게 되고 어떤 음식을 좋아하지 않게 될지, 어떤 사람을 좋아하고 어떤 사람을 좋아하지 않게 될지, 일하는 방식, 사랑하는 방식, 살아가는 방식이 어떻게 바뀔지 예측하는 건 불가능하다.

내 마음이라고 해서 내 마음대로 되지는 않는다.

실재하는 내 마음을 내가 원하는 모양처럼 마음대로 바꾸려고 하면 불발될 뿐이란 말이다.

그냥 이대로 살아가야지.

지금 좋아하는 것들을 지금 잔뜩 하면서.

좀 말 같은 말을
해보고 싶어

말로 전한 것들 사이에, 뒤에, 안에
아직 발견되지 않은 수많은 마음들이 있다.

나는 말이나 글을 별로 믿지 않는다. 글을 쓰면서 첫머리부터 이런 말을 하자니 조금 웃기지만, 사실이다.

그것이 거짓이기 때문에 믿지 않는 게 아니다.

말과 글을 대체할 그럴듯한 의사소통 방법이 있기나 한가?

없다. 그럼에도 언어는 많이 부족하다. 이 마음, 이 감정, 이 느낌을 완벽히 전할 수 없다.

그래서 완전히 신뢰하지 않는다는 거다. 믿더라도 조금만 믿는다는 거다. 상대가 전달한 것과 내가 전달받은 것 사이에 분명히 무언가가 더 있을 거라고, 늘 그렇게 생각한다는 거다.

언제 처음 그걸 깨달았을까. 많이 아팠던 어느 날이었던 것 같다. 힘들고 괴로운데, 이 고통을 아무리 설명해도 다른 누군가에게 가닿지 않았다. 어디가 어떻게 얼마큼 아픈 건지, 듣는 사람은 짐작만 할 뿐이었다. 심지어 나를 사랑해 마지않는 엄마까지도 그랬다.

외로웠다. 말로는 내 아픔이 전달되지 않는구나.

그렇다면 다른 감정들은?

기쁨, 슬픔, 두려움, 설렘, 막막함과 지루함까지. 무엇 하나라도 온전히 전할 수 있을까?

오랫동안 고민한 끝에 내린 결론은 '없다'였다. 어쩌면 당연한 답이다.

우리 사이엔 낮은 담이 있어.

내가 하는 말이 당신에게 가닿지 않아요.

내가 말하려 했던 것들을 당신이 들었더라면.

당신이 말할 수 없던 것들을 내가 알았더라면.

김윤아의 솔로곡 〈담〉의 가사 중 일부다.

비록 이 곡은 이별 노래지만, 나는 모든 사람들 사이에 '낮은 담'이 있다고 믿는다. 많은 것들이 이쪽에서 저쪽으로, 담을 건너지 못한 채 남아 있다. 그 사실을 기억해야 한다. 그래야 조금이라도 더 많은 말을 담 너머로 전하기 위해 끝없이 노력할 테니.

사실 말과 글을 믿지 않는다는 말은, '그렇기 때문에' 말과 글에 더 매달린다는 고백이기도 하다.

우리는 마치 두 눈을 가리고 서로를 더듬는 사람들 같다. 서로에게 더듬더듬 찾아가는 사람들 같다. 너의 언어가 가리키는 방향으로 열심히 찾아가도 네 마음의 언저리쯤에 머물 뿐이다.

말로 전한 것들 사이에, 뒤에, 안에 아직 발견되지 않은 수많은 마음들이 있다. 그렇다면 더 말하겠다. 더 쓰겠다. 조금이라도 더 가까워질 수 있도록.

그런데 갈수록 말들이 짧아지고 불명확해져서 소통을 방해한
다. 신조어를 싫어하는 건 아니다. 원래 있던 표현을 기발하게 바
꾸는 것, 혹은 없던 개념이나 감정을 나타내는 언어를 만드는 것은
재미있는 일이다.

하지만 어떤 단어는 있던 표현들도 일괄해버린다.

예를 들어 '썸'이란 단어가 그렇다. 처음 썸이란 말이 쓰이기 시
작할 때는, 두 사람의 연애 직전 달콤한 감정과 시기를 표현하는
건 줄 알았다. 적어도 내 기억에는 그랬다. 그런데 점점 '연애를 하
는 것 같지만 하지 않는 사이'라는 뜻으로 바뀌어버렸다.

그게 그 한 단어로 끝내버릴 수 있는 건가?

한 사람이 상대를 짝사랑하고 있는 사이, 오랫동안 친구로 지내
가끔은 연인처럼 보이기도 하는 사이, 서로 좋아하긴 하지만 지금
은 연애를 하고 싶지 않은 두 사람의 사이….

너무 많다.

누군가는 '곧 연애가 되겠지' 하는 상대의 마음을 악용할 수도
있지만, 누군가는 외로움 때문에 또는 아직 어렴풋한 호감 때문에
그런 관계를 이어가고 있는 걸 수도 있다.

사람의 마음이란 섬세하게 나누면 나눌수록 다양해지는데 그걸 '썸'이라고 퉁치다니!

지금은 무지개를 일곱 가지 색이라고 말하지만, 먼 옛날 우리나라에서는 '오색 무지개'라고 표현했다. 사실, 가만히 들여다보면 무지개 속에서 굉장히 많은 색을 찾을 수 있다.

빨강과 주황이 맞닿은 곳에는 저녁 바다 뒤로 넘어가는 태양 빛이 있다. 파랑과 남색 사이에는 새벽 네 시의 짙고 푸른 새벽하늘 빛이 있다. 원래 거기에, 계속 같은 형태로 있지만 우리가 발견하면 할수록 더 많은 색을 보인다.

마음이나 감정도 그런 게 아닐까.

내 안을 들여다볼수록, 언어를 통해 밖으로 꺼내려 할수록, 발견하고 공유할 수 있는 것들이 늘어나는 게 아닐까.

나는 앞으로도 말이나 글을 믿지 않을 것이다.

몇 번이고 의심하면서 다시 고쳐 말하고, 또 한 번 고쳐 쓸 것이다. 새로운 표현들을 고심하고 찾아 헤맬 것이다. 조금이라도 너에게 더 가닿기 위해서. 조금이라도 더 '진짜'에 가까운 마음을 전하기 위해서. 끝으로 이 글의 제목인 브로콜리너마저의 〈커뮤니케이션의 이해〉라는 곡의 마지막 노랫말을 덧붙인다.

나의 말들은 자꾸 줄거나
또다시 늘어나 마음속에서만
어떤 경우라도 넌 알지 못하는
진짜 마음이 닿을 수가 있게
좀 말 같은 말을 해보고 싶어.

두려움을 이길 필요는 없다

제4부

미워하는
사람이 있나요?

서른이 다 되도록 나는 누군가를 '잘' 미워하는
방법조차 깨닫지 못했구나. 아니, 잘 미워하는
것은 고사하고 내 속에 생겨버린 미움을 다루는
법조차 전혀 모르는 채다.

'나는 네가 왜 미울까, 왜 싫을까.'

이런 생각을 참 많이 했다. 미운 마음, 싫은 마음, 그걸 안고 있
는 게 너무 괴로워서.

마음껏 미워하면 차라리 나아지지 않을까?

너란 사람을 천하의 악당처럼 여겨도 봤다. 내 머릿속에서, 너를
벼랑 끝까지 몰고 또 몰아도 봤다.

하지만 그럴수록 쓰라린 부분은 번지듯 커져갔다. 오히려 미움이 낳은 생각들, 상상들에게 밤낮으로 지배당했다.

시간이 지나면 나아지겠지.

처음엔 그렇게 짐작했지만, 그건 실수였다. 물론 시간이 지나면서 생각나는 횟수가 줄어들긴 했다. 아침에 샤워를 할 때부터 쏟아지던 네 모습들이, 저녁에 침대에 누워도 이불처럼 나를 덮쳐오던 네 말들이, 밥 먹고 일하고 사람들 만나고 술 마시는 일상에 조금씩 자리를 빼앗겼다.

하지만 그렇다고 해서 그 미움의 강도가 약해지는 건 아니었다. 원치 않는 타이밍에 불쑥 치고 들어오는 기억 때문에 나는 행복할 수 있는 많은 순간을 놓쳤다.

어쩌면 사랑보다 더 지독하구나. 그런 생각이 들었다.

사랑하는 사람이 나를 행복하게 했던 순간이 오래도록 남아 나를 웃음 짓게 하는 것처럼, 미워하는 사람이 나를 불행하게 했던 순간 또한 계속 내 곁에 남아 나를 분노케 했다.

그 마음을, 그 생각을 스스로 조절할 수 없다는 게 가장 괴로웠다. 생각하지 말아야지 할수록 반작용처럼 더욱더 떠오르는 감정.

아마 너도 알 것이다. 어쩌면 너 또한 나를 이렇게 미워하고 있을 수도 있다. 차라리 그랬으면 좋겠다 싶다가도 네가 뭔데 나를 미워하나 싶기도 했다.

이미 어둠으로 수차례 덧발라진 마음은 어디서도 정당성을 찾기가 힘들었다. 극과 극을 오가는 마음 사이에서 어쩌면 진짜로 잘못된 건 나일지도 모른다는 생각도 했다.

너에게도 사정이 있을 것이다. 없었대도 할 말은 없다.

어쩌면 진짜로, 내 이런 괴로움을 모를지도 모른다.

너 같은 거 죽었다고 생각하고 살 수 있으면 참 좋을 텐데.

그건 사실도 아니거니와, 불행하게도 우린 자꾸 마주쳐야 하는 관계였다. 사람을 피한다는 건 이전의 내 삶에선 없는 문장이었다.

너라는 이유 하나 때문에, 내가 왜 어떤 장소를 피하고, 어떤 시간을 피하고, 그러고도 예기치 못하는 순간에 마주쳐서 힘들어해야 하는가.

그냥 한번 잊어보자. 나에게 최면을 걸면 아주 안 될 일도 아닐 거라 여겼다. 얼마간은 효과가 있는 듯했다.

이것도 나쁘지 않잖아?

물론 나쁘진 않았지만 유효기간이 짧았다.

종국엔 미움의 원인을 찾아내서 그걸 해결하는 수밖에 없다는 결론을 내렸지만, 내 것인데도 이 마음의 시발점이 정확히 어딘지 도통 찾을 수 없었다.

너를 찾아가서 그때 왜 그랬어요, 나는 당신이 왜 미울까요, 묻고 싶을 정도다.

누군가는 내게 조언했다. 어렵겠지만 그 사람과 마주 앉아서 내 마음을 찬찬히 풀어놓으면 조금은 해소될 거라고.

하지만 무슨 말을 해야 할지 모르겠는걸.

머릿속에 시나리오를 적었다 지웠다 적었다 지웠다 수도 없이 반복했지만 적확한 것은 없었다. 게다가 대답을, 가장 적절한 대답을 듣는다 한들 미워하는 이 마음이 사라질까?

그마저 확신할 수 없었다.

네가 반박을 해도 화가 솟구칠 것이고, 고개를 주억거려도 의심을 거둘 순 없을 테니까.

마음껏 욕을 하라는 사람도 있었다. 그렇게 담아두니까 속으로 곪는 거라고 했다. 말하다 보면 풀리게 되어 있다고도 했던 것 같다. 듣고 보니 그럴 듯하게 느껴졌다. 여기저기 말을 해봤다. 엄밀히 말하면 말을 해보려고 '노력'했다.

하지만 나를 괴롭혔던 순간들은 말로 하면 할수록 더욱 선명해졌다. 그 사람을 전혀 모르는 누군가에게 그를 미워하라고 설득하고 있는 것 같은 나 자신의 모습도 비참했다.

생각해보니 부끄럽다. 서른이 다 되도록 나는 누군가를 '잘' 미워하는 방법조차 깨닫지 못했구나. 아니, 잘 미워하는 것은 고사하고 내 속에 생겨버린 미움을 다루는 법조차 전혀 모르는 채다.

'좋아하는 것이 특기'라며 히죽거리고 다녔던 과거가 부끄러워졌다. 그간 작은 미움을 모르는 척하고 살아왔던 것이 결국 나를 이렇게 취약하게 만든 것일까.

첫사랑에게 마음이 온통 쏟아졌던 것처럼, 내게는 낯선 미움을 안겨준 존재에게 마음이 쏟아지다 못해 엎어졌다.

바닥까지 보였다.

다른 사람들은 어떻게 저렇게 괜찮을까? 정말 괜찮은 걸까?

연애에 서툰 사람이 연애 박사들의 조언을 주워 담듯, 나 또한 하릴없이 주변의 이야기만 듣고 또 듣는다.

나는 계속 생각한다. 답을 찾고 싶다.

언젠가 더 이상 네가 미워지지 않는 날이 온다면, 그만큼 좀 더 자라 있을 것 같다. 다만 그것이 처음 바랐던 것처럼 '시간이 많이 흘렀기 때문'은 아니었으면 한다.

그건 의미 없다. 훗날 또 내 마음속에 미움이 들어오면, 같은 방식으로 속절없이 당하게 될 테니까.

이만큼 살아도 아직 내 감정이 이렇게 어렵기만 하다니.

역시 인간의 삶은 너무 어렵다.

한 접시의
여행

몇 그램의 밀가루, 버터, 크림 등으로 한 도시의
상징이 만들어질 수 있다니 재미있다.

크루아상을 들고 런던행 비행기에 오른 적이 있다.

대단한 이유나 포부가 있어서 그런 것은 아니었다. 동생과 내가
아침에 늦잠을 자는 바람에 전날 사뒀던 크루아상을 먹지 못했고,
공항에 가서 먹을 요량으로 가방에 챙겼다.

그런데 배웅을 나오신 아빠가 한식 뷔페로 우리를 데리고 가셨
다. 배가 빵빵해질 때까지 밥을 먹은 후, 크루아상의 존재를 잊은

채 비행기에 탔다. 자리에 앉아 책을 꺼내려 했을 때야 비로소 그것이 우리와 함께 인천공항 활주로 위를 떠오르고 있다는 걸 알았다.

사실 나는 비행기에서 음식을 거의 못 먹는다. 비행시간이 세 시간이든 열세 시간이든 마찬가지다. 확실한 이유는 모르겠지만, 안 그래도 좋지 않은 소화 기능이 평소의 10분의 1로 떨어진다.

게다가 기내식이란 건 대부분 냄새만 좋다. 퍽퍽해진 닭이나 짓무른 채소, 눅눅한 생선의 맛이란 정말이지 괴팍하다. 이번에도 대충 주문만 해놓은 기내식을 물끄러미 바라보고 있었더니, 동생이 바스락거리며 가방에 든 크루아상을 꺼내 건네주었다.

아, 이런 게 있었지.

차가운 버터를 나이프로 푹 떠서 바르고 한 입 베어 물었다.

이럴 수가!

내가 하늘 위에서 먹어본 것 중 가장 맛있는 음식이었다.

이륙과 착륙, 그러니까 여기에서 저기로 이동하는 비행 중에 먹는 음식은 생각보다 강렬한 기억을 남긴다. 적어도 내게는 그랬다.

이제 나는 크루아상을 먹으면 이곳이 아닌 어디론가 떠나온 듯한 착각에 빠진다. 맞은편에 양복 입은 사십대 아저씨들이 전날 본 야구 얘기를 하고 있대도 말이다.

　개인적인 기억이 아니더라도 크루아상은 이국적인 느낌이 강한 음식이다. 유럽, 특히 파리의 기운이 물씬 느껴진달까. 베이글을 물고 있으면 뉴욕이, 롤케이크와 마주 앉아 있으면 도쿄가 떠오르는 것처럼. 몇 그램의 밀가루, 버터, 크림 등으로 한 도시의 상징이 만들어질 수 있다니 재미있다.

　물론 누군가에게는 '그냥 빵'일 수도 있겠지만, 그 상징을 느끼는 사람에게는 어떤 기능을 일으키는 것이다. 그것이 무엇이냐고 묻는다면, 일종의 정신적 여행 작용이라고 답할 수 있겠다.

　'떠나고 싶다'는 문장은 우리가 가장 많이 달고 사는 말 중 하나다. 그건 모난 현실 때문이지 못난 우리 때문은 아니다. 유명한 문인들도, 현자들도, 정치가들도 떠나지 못해 안달했다는걸. 특히 보들레르는 평생 항구나 역, 기차나 호텔방에 강하게 끌렸으며 심지어 집보다 여행 중에 머무르는 곳을 더 편하게 느꼈다고 한다.

한국에선 흔히 '역마살'이라고 하는 이 기운을, 보들레르만큼은 아니지만 우리 모두가 조금씩 가지고 있다. '여기가 아닌 어떤 곳'을 떠올리는 것만으로 갇힌 마음이 느끼는 해방, 그리고 그로 인해 일어나는 희망 같은 게 있기 때문이다.

알랭 드 보통의 《여행의 기술》(청미래, 2011)에서도 보들레르의 단상을 볼 수 있다.

> 파리의 대기가 그를 짓누를 때면, 세상이 '단조롭고 작아' 보일 때면, 그는 떠났다. '떠나기 위해서 떠났다.' 항구나 역으로 가서, 속으로 소리 질렀다.

보들레르처럼 항구나 기차역, 공항을 찾는 것도 떠나고 싶은 욕구를 어느 정도 해소하는 데 도움을 준다. 하지만 한 시간 뒤의 약속, 오늘 저녁의 할 일들로 팍팍한 일상에는 공항도 마냥 멀게만 느껴진다.

다행히 음식도 이런 이로운 착각(?)을 느끼게 하는 데 유용하다.

어떤 음식은 먹는 것만으로 나를 먼 곳에 데려다주는 느낌이 든다.

중요한 것은, 아이러니하게도 그것이 실재가 아닌 '느낌'이라는데 있다. 그리고 단지 느낌이기 때문에, 우리는 몇 번이고 그것을 반복할 수 있다.

사실 여행의 참 묘미는 여행지 자체보다 그곳까지의 이동, 그것에 따른 생각의 확장에 있다. 평소와 똑같은 생각도 여행지에서는 남다르고 특별하게 각인되거나 발전되는 경험을 누구나 한 번쯤 했을 것이다.

단지 한 끼의 식사 혹은 간식으로 그와 비슷한 느낌을 얻을 수 있다면 얼마나 유용한가!

물론 실제 여행이 주는 자극보다 무척 약하겠지만, 동시에 실제 여행에 필요한 돈과 시간에 비하면 훨씬 경제적이다.

얼마 전 진은영의 시 〈그 머나먼〉을 읽으면서, 그 확신이 더해졌다. 그녀의 시에는 "김 뿌린 센베이 과자보다 노란 마카롱이 좋았다 / 더 멀리 있으니까 / 가족에게서, 어린 날 저녁 매질에서"라는 구절이 있다.

우리는 종종 우리가 가진 소중한 것과 지울 수 없는 상처들에게서 떠날 필요를 느낀다. 누군가에게는 마카롱이, 딤섬이, 얼그레이가 그런 마음을 달래고 있을 것이다.

만약 없다면?

그런 음식을 하나쯤은 만들 수 있게, 일단 어디론가 떠나는 것이 우선이다.

길 잃은 흉터들을
생각한다

흉터는 흉터다. 상처가 아니다.
시간을 들여 다 아문 상처는
이제 내 피부다.

왼쪽 무릎에 흉터가 있다. 꽤 크고, 못생긴 흉터다.

워낙 부주의한 탓에 여기저기 잘 부딪히고 다니는 편이라 멍도 상처도 끊이질 않는다.

하지만 이 정도로 깊은 흉터는 이것 하나뿐. 한 번 다친 것이 아니라 같은 자리에 재차 상처가 생겨 그런가 보다.

아주 어렸을 적, 그러니까 20여 년 전에 겪은 일이라 기억이 가물가물하긴 하다.

첫 사고(?)는 체육 시간이었다.

초등학생 내내 계주 주자였던 나는 달리기를 좋아했고, 잘하는 편이기도 했다. 다른 운동은 젬병이지만 달리는 것만은 여전히 좋아해서, 아무 이유 없이 추리닝을 꿰어 입고 한강변을 달릴 때가 지금도 종종 있다.

그날은 그냥 달리는 게 아니라 허들을 뛰어넘는 과제까지 주어진 '장애물 달리기' 시간이었다. 원래 잘하는 건 더 잘하고 싶은 법. 하지만 대차게 넘어졌다.

맨땅에서는 기똥차게 뛰는 내가 허들 하나에 그렇게 취약할 줄이야. 넘어져 다친 무릎에는 운동장의 흙과 벗겨진 살갗에서 흐르는 검붉은 피가 엉켜 흘렀다. 그때 나는 뒤에서 누군가 밀었다며 울었던 것 같다. 생각해보면 달리고 있는 사람 등을 대체 누가 무슨 재주로 밀었겠나 싶지만. 중심을 완전히 잃어버린 스스로를 인정하고 싶지 않아서였는지 그 후로 오랫동안 그 말을 철석같이 믿었다.

두 번째 사고가 일어난 건 주말 오후.

집 근처 운동장에 자전거를 끌고 나갔다. 두발자전거에 능숙하지 못한 터라 동생과 아빠를 동행한 채였다. 길가에 붉은 장미가 흐드러지게 피었던 기억으로 보아 5월이나 6월 즈음이었던 것 같다. 기분은 좋았지만 뭔가 새로운 걸 배워야 된다는 압박감에 다소 긴장하고 있었다. 어린 시절 나는 소극적이고 소심한 아이였으니까.

걱정과는 달리 두발자전거는 세발자전거보다 재미있었다.

양옆을 지탱하던 보조바퀴가 없어지자 의외의 해방감이 찾아왔다. 제한이 없다는 것은 위험한 만큼 자유롭기도 하다는 걸 그 시절 내가 깨달았을까. 만약 그랬대도 다 잊어버렸을 것이다. 아슬아슬한 자유를 누린 지 얼마 못 가 중심을 잃고 넘어진 탓에.

운이 나빠 넘어진 방향에는 커다란 돌부리가 튀어나와 있었고, 아직 다 낫지 않은 무릎의 연한 살에 돌이 거의 박히다시피 했다. 살점이 들렸고 피가 많이 났다.

그런데 이상하게도 아빠는 나를 업거나 안아주지 않았다.

집으로 돌아가는 길, 아빠 뒤를 따라 절뚝거리며 걸었다. 자전거를 끌고 가는 아빠의 등, 바닥에는 장미처럼 붉은 피가 드문드문 떨어졌다. 슬프고 아팠다.

훗날 부모님과 술잔을 기울이던 자리에서 그 얘길 꺼내며 그때 왜 그러셨느냐고 물었다. 하지만 돌아온 대답은 그런 일은 없었다, 였다. 모른 척하시는 게 아니라 정말로 그런 기억이 없는 눈빛이셨다. 내 왼쪽 무릎에는 아직도 흉터가 선명히 남아 있는데….

그 순간의 절망적인 기분은 무릎의 흉터만큼이나 내 머릿속에 여전히 또렷하다. 하지만 기억을 더듬어보면 다치기 전과 후에 대한 것은 거의 없다.

어쩌면 아빠는 그 이후에 나를 업어주거나 안아주셨을 수도 있다. 엄마가 달려 나와 나를 달래줬을 수도 있다. 그때로 돌아가볼 순 없으니 흉터와 흉터에 대한 슬픈 기억은 오로지 나만의 것으로 남아버렸다.

이것이 비단 몸의 흉터에만 국한될까. 눈으로 확인되는 것도 이 정도인데, 마음에 남은 것들의 이야기는 또 얼마나 복잡할까.

문득 그런 생각이 드니 아찔했다.

가장 가까운 상처는 무엇인가, 가장 크고 깊은 흉터는?

몸의 흉터도 구석구석을 뒤져보고 나서야 이 흉터와 저 흉터의 차이를 명확히 알 수 있는데, 마음의 것은 어찌 따진단 말인가.

일단 떠오른 것들부터 더듬어봤다. 내게 나쁜 말을 던진 사람, 고이 보낸 마음을 저버린 사람, 서로에게 불신의 칼을 들이민 사람, 나를 아끼는 마음을 너무 거칠게 표현한 사람….

동시에 내가 가담한, 연루된, 그러면서도 기억하지 못하는 상흔들에 대해서도 떠올려봤다.

누군가에게 나는 악당, 철천지원수일 수도 있다(모르겠다). 잔인하고 매정한 사람일 수도, 우유부단하고 갑갑한 사람일 수도 있다(둘은 치명적인 교집합이 있다). 서운하고 아쉽고, 그래서 더 미운 사람이거나(실은 별 볼 일 없다), 혹은 별거 없어서 쏟은 시간이 아까웠던 사람일 수도 있다(진즉 똑똑하시지). 몇 안 되기를 바라지만 아마 많을 것이다. 감히 셀 수 없을 것이다.

그들은 내가 그의 상처에 대해 기억하지 못하는 것을 알까?

그로 인해 흉이 남아 있다는 걸 짐작 못 하는 것도 알까?

심지어 그게 어떤 모양일지 상상도 해본 적 없다는 건?

아무리 밀접하게 같은 시간과 공간을 공유했다 해도, 서로 가지고 있는 기억의 조각이 완전히 맞아떨어지는 사람은 없다.

특히 나쁜 기억에 관해서는 더 그렇다. 내 마음이 다쳤던 순간을 똑같이 아프게 기억하는 사람은 없다. 그 상처는 오직 나에게만 생긴 것이기 때문에.

동시에 나 또한 누군가를 슬프게 만들었으리라 예상되는 순간이 있지만, 정확히 어떤 말과 행동이 그의 마음에 남았을지는 모른다. 나로서는 짐작도 못 하는 어떤 것에 깊이 다친 사람이 있을 수도 있다. 나 또한 타인에게 그런 식으로 상처받은 적이 있으니. 그럴 땐 상대가 무심결이었든 아니었든, 그건 중요한 문제가 아니다.

누구나 몸에 아문 상처를 몇 개쯤 가지고 있는 것처럼, 마음에도 흉터 몇 개는 있다. 크고 못난 흉터는 가끔 부끄러울 수도 있지만 내가 신경 쓰지 않으면 남도 그러려니 한다.

대학교 때 매일 수업을 같이 듣던 여자아이가 있었는데, 허벅지 위쪽에 화상 흉터가 있었다. 쉽게 보이는 위치는 아니었지만, 짧은 치마를 입으면 여지없이 드러나는 자리였다. 얘기를 들어보니 아주 어릴 때 화상을 심하게 입어 생긴 자국이었다. 사연을 들은 누군가가 말했다.

그럼 왜 자꾸 짧은 치마를 입어? 안 그러면 흉터 안 보일 텐데.

그러자 그 친구가 답했다.

"왜 그래야 돼? 나는 짧은 치마가 좋아. 어차피 사람들이 내 다리만 보고 다니는 것도 아닌데, 뭐."

그 아이가 워낙 밝고 호탕한 성격이었기 때문일 수도 있지만, 그 말을 들은 순간 현명하다고 생각했다.

크고 깊은 흉터는 간혹 부끄러울 수도 있겠다. 그렇지만 어쨌든 흉터는 흉터다. 상처가 아니다. 시간을 들여 다 아문 상처는 이제 내 피부다. 내 일부가 된 것이다.

흉터 때문에 짧은 치마를 입지 못하는 것, 두발자전거를 타지 못하는 것은 바보 같은 짓이다.

그와 비슷한 이유로, 연애를 다시 시작하지 못하는 것, 나쁜 기억을 만들어준 사람과 성격이나 스타일이 비슷해 보이는 사람을 미리 피해 다니는 것, 실패했던 일에 재도전을 꺼리는 것 또한 어리석다.

어쩌면 흉터가 많다는 건 더 새로운 사람, 더 다양한 공간, 더 낯선 상황, 그런 것들에 겁 없이 뛰어들었다는 얘기일 테다. 그렇게 살 수 있다는 건 멋진 거니까, 적어도 나는 꾸준히 흉터투성이 인간이 되었으면 좋겠다.

가만, 그보다 먼저 나의 부주의를 고쳐야 할 것 같은데.

결국은 다
맛있어요

음식으로 화장을 한다면 마카롱이 좋겠다.
마카롱의 알록달록하고 고운 색감이라면 화장대
한 칸을 채우고도 남을 것이다.

화장하면 단번에 예뻐지는 여자들이 있다.

늘 부럽다고 생각한다. 나는 화장을 해도 예뻐지지 않는다. 단지 '달라질' 뿐이다. 아이라인을 얼마나 진하게 그리는지, 립스틱과 볼터치를 어떤 색으로 하는지에 따라 이미지가 약간씩 바뀐다.

물론 누구나 그런 효과(?)를 노리고 화장을 하겠지. 내 경우에는 예뻐지진 않는다는 (슬픈) 특수 사항이 있을 뿐이다.

　　남자들은 모를 것 같은데, 화장대 앞에서 여자는 비단 외형뿐만
아니라 마음가짐 같은 것도 조금씩 바뀌게 된다. 리퀴드 아이라이
너로 깔끔하게 눈매를 그리고 옅은 빨간 립스틱을 바를 때는 오늘
마쳐야 할 업무나 이뤄야 할 작은 성과들이 먼저 떠오른다. 하지만
핑크색 블러셔를 바르거나 속눈썹을 바짝 올려 잡을 때는 좋아하
는 사람이 떠올라서 마음이 부드러워지기 마련이다.

　　'음식으로 화장을 한다면 마카롱이 좋겠다.'
　　어느 날 화장대 앞에서 그런 생각을 했다. 마카롱의 알록달록하
고 고운 색감이라면 화장대 한 칸을 채우고도 남을 것이다. 옅은
분홍, 노랑, 힘이 빠진 초록, 다정한 아이보리와 짙은 갈색까지.
　　밀가루가 들어가지 않고 오로지 계란 흰자와 설탕, 아몬드로만
만들어졌단 사실도 마음에 든다(크림은 제외). 어쩐지 피부에 좋을
것 같다. 그렇다고 진짜 얼굴에 바를 건 아니지만.
　　만약 마카롱으로 화장을 한다면, 그건 얼굴보다 마음 상태를 미
묘하게 바꾸는 것이 되겠지. 그날 만날 장면이나 함께할 사람을 떠
올리면서 치르는 맛있는 의식 같은 게 상상된다.

싫어하는 사람을 만날 때는 유자 맛을 선택할 거다. 안 좋아하니까. 그런 단순한 이유를 차치하고서라도, 나는 유자에서 느껴지는 그런 상큼함과는 거리가 먼 사람이다.

그러니까 좋아하지 않는 사람 앞에서 가장 나답지 않은 모습을 한다는 건 일종의 인간관계적 보호색을 띠는 것이다.

그 사람이 그런 내 모습을 좋아하든 말든 상관없다. 그건 진짜 나와는 조금 다르기 때문이다. 물론 나는 싫어하는 사람이 거의 없기 때문에 유자 맛 마카롱을 먹을 염려는 안 해도 된다.

만나기만 하면 비관주의 폭죽을 빵빵 쏘면서 둘만의 대화 축제를 여는 친구 X와 만날 때는 얼그레이 마카롱이 좋겠다. 은근한 달콤함 뒤에 숨어 있는 쌉쌀한 향이 제격이다. 은은한 베이지 색도 멋스러워서 좋다(우린 멋스럽기엔 너무 말괄량이들이긴 하지만).

업무가 많거나 회의가 있는 날엔 피스타치오 맛, 중요한 인터뷰가 있는 날엔 장미 맛을 골라야지. 피스타치오의 어른스러운 초록빛과 의외로 깊이 있는 맛을 조금이라도 닮을 수 있을지 모른다.

사실 장미 맛 마카롱은 호불호가 많이 갈리는 터라 조금 망설여지지만, 어쨌거나 맛보면 잊을 수가 없다는 점이 끌린다. 인터뷰는 단 한 번의 만남으로 끝나기 마련인데 좋든 나쁘든 강렬한 인상을 줄 수 있다면 그걸로 괜찮지 않을까.

만약 단 한 번의 로맨틱한 만남을 준비한다면 올리브 오일 마카롱을 꺼낼 예정이다. 오일로 만들어진 필링은 잼이나 크림과 다르게 순식간에 혀로 스미는 느낌이다. 강렬하다. 달고 고소하고 짭짤하기까지 한 그 맛은 머릿속에 정리가 안 되서 오히려 몰두하게 만든다. 그 맛, 대체 뭐였을까. 이런 질문이 문득문득 떠오른다. 한 번의 만남으로 족한 로맨스라면 나를 그렇게 떠올려주는 것도 좋겠다.

누굴 만나고 어떤 상황에 놓이느냐에 따라 사람은 조금씩 모습을 바꾼다. 화장하든 옷을 갈아입든 마카롱을 골라 먹든, 아무것도 하지 않더라도 마찬가지다.

누군가는 그 차이가 클 수도 있다. 저 사람에게 보이고 싶은 모습과 이 사람에게 알리고 싶은 모습이 좀 많이 다를 수도 있다.

자기 자신에게 보이고 싶은 모습도 이랬다가 저랬다가 하는 사람도 있는걸.

그런 걸 큰 고민으로 품는 사람들을 종종 보았다.

관계 사이에서 길을 잃는 건 쉬운 일이니까.

내가 원래 딸기 맛이었나 솔티 캐러멜 맛이었나. 아니, 코코넛 맛이든가?

우왕좌왕하다가 바삭바삭 부서진 마음의 부스러기를 보면 안타깝다. '어떤 게 진짜 나인지'에 대한 고민이 깊어갈수록 오히려 진짜 나는 멀찍이 도망간다.

사실 우리는 아무 맛도 아니다. 립스틱을 바르지 않은 입술은 핫핑크도 레드도 피치도 아니고 '그냥 입술색'인 것처럼 말이다.

그러니 너무 고민 마세요. 이런 나와 저런 나의 차이는 의외로 작고, 생각보다 둘 다 나쁘지 않아요.

블루베리 맛이든 헤이즐넛 맛이든 마카롱은 마카롱이고 결국엔 맛있는 것처럼.

두려움을
이길 필요는 없다

정답을 찾으려고 무던히 애를 썼다.
내가 맞는다는 확신이 없으면 불안과 두려움이
나를 졸졸 따라다닐 게 뻔했으니까.

길에서 문장을 만나는 건 흔한 일이 아니다.

하지만 인생에서 아주 가끔은, 필요한 답을 길에서 얻기도 한다. 물론 내 경우의 이야기다.

연남동에는 집이, 원남동에는 회사가 있는 나. 나에게는 두 가지 출근길이 있다. 하나는 신촌, 이대, 아현을 지나 광화문을 통해 가는 버스 노선. 하나는 연희동에서 연세대 앞을 통과해 안국역을 지나가는 택시 노선이다. 버스를 주로 이용하지만, 몸이 아프거나 늦잠을 잔 날에는 별수 없이 택시를 타야 한다.

그날도 그런 날이었다. 머릿속이 꽉 닫힌 것처럼 갑갑한 두통에 괴로워하며 창밖으로 시선을 던졌다. 연희 나들목 근방의 굴다리를 통과할 무렵 회벽에 적힌 반듯한 글씨들이 눈에 들어왔다.

　　　용기는 두려움을 이겨내는 것이 아니라 두려움과 함께

문장은 거기서 끊겨 있었다. 아니, 정확히 말하자면 가려져 있었다. 그 위치에 떡하니 전단지 게시대가 서 있었기 때문이다.

무슨 내용일까?

두려움을 이겨내는 게 아니라 두려움과 함께, 뭘 하라는 걸까?

종일 그 빈칸이 신경 쓰였다.

누군가 벽에 질러놓은 낙서라고 치부해도 좋을 일이었다. 하지만 그 문장이 자꾸 어깨를 두드린 것은 내가 끌어안고 있던 두려움 때문이었을 것이다. 그 무렵 나는 내가 잘하고 있는 건지, 이렇게 살아도 되는 건지 확신이 없었다. 사람과 사람 사이에서 치이면서 내 속에 자라나는 불신의 싹을 처음 보았다. 나이를 먹어도 명확해지지 않는 부분들은 자꾸 늘어났고, 아무리 고민하고 노력해봐도 막막함은 차곡차곡 쌓여갔다.

겁이 났다. 이대로 끝일까 봐.

정답을 찾으려고 무던히 애를 썼다. 내가 맞는다는 확신이 없으면 불안과 두려움이 나를 졸졸 따라다닐 게 뻔했으니까.

솔직히 말하자면 나를 거스르는 것들, 나를 모호하게 하는 것들, 내 편이 아닌 것들이 모두 틀린 것이기를 바랐다. 난 잘하고 있다고 스스로 위로하고 싶었다. 잘못은 내가 아니라 그 상황에, 그 사람에, 그 순간에 있다고 믿고 싶었다.

하지만 그러기엔 너무 잘 알고 있었다.

세상일 대부분이 '틀린 것'이 아니라 '다른 것'이란 사실을.

다 알고 있었지만 머리를 따라주지 않는 마음이 문제였다.

나는 성인군자도 아니고 대인배도 아니다. 내가 소화할 수 있는
두려움은 폭도 깊이도 좁고 얕았다. 차라리 '정신 승리'를 하고 싶
었다. 여러 차례 시도해봤지만 잘 안됐다. 뜻대로 되지 않는 삶 앞
에서 '누구 때문이야', '무슨 일 때문이야' 하는 불만도 토로해봤다.

하지만 그런 말을 뱉을 때마다 내 속에서는 번번이 '그럼 네 잘
못은?' 하고 뾰족한 반문이 튀어 올랐다. '그래도 이 정도면 괜찮
아. 잘하고 있어' 하고 긍정을 해볼라치면 기억 저 아래 파묻혀 있
던 무언가가 나를 끌어당겼다.

나의 부족함들, 약점들, 아쉬움들이었다.

나는 왜 이렇게 아무것도 이겨내지 못할까. 그렇게 상심했었던
것 같다. 나에게 조금만 더 용기가 있으면 좋겠다고 바랐다. 모든
두려움과 걱정을 버리고 강인해질 수 있는 그런 용기.

내내 신경 쓰였던 벽 위의 문장을 찾아 나선 건 그로부터 얼마
되지 않은 날이었다. 맥주를 두어 캔쯤 마시고 밤 산책을 하다가
그 굴다리를 향해 방향을 바꿨다. 연남동과 연희동 골목골목에 자

리한 술집들에서 흘러나온 노란 빛들이 거리를 채우고 있었다.

걸으면서 깨달았다.

실은 벽 앞에 서기 전부터 빈칸의 문장을 알고 있었다는 것을.

> 용기는 두려움을 이겨내는 것이 아니라 두려움과 함께 가는
> 것이다.

반듯한 글씨체 덕분에 "가는 것이다"라는 말에 명확함이 더해졌
다. 이미 예상한 완결이었지만 말이다. 마치 누군가 나에게 화답해
주기 위해 적어둔 문장이 아닐까 하는 착각까지 들었다.

두려움을 이겨내지 못하는 내가, 정확히 말하자면 두려움을 이
기려 하지 않는 내가, 틀리지 않았다는 것을 알려주기 위해서.

두려움이란 자신의 약점, 콤플렉스 같은 것에서 온다.

내 안의 가장 연약한 부분은 무엇보다 쉽게 다치는 데다 회복도
더딜 테니까. 때로는 소중한 것, 마음속 깊은 데서부터 아끼는 것
들이 나의 가장 약한 부분이 된다. 이루고 싶은 꿈은 뜨거운 마음

을 가져다주지만, 더불어 실수에 대한 걱정이나 더 잘하고 싶은 욕심과 스스로 만족하지 못하는 갈급증을 불러일으키는 것이다.

그렇게 부족하거나 무른 부분들이 쉽게 변할 리가 없다. 결국 그것들을 마주하면서 느껴야 할 불안과 두려움이 나를 더 나답게 하는 게 아닐까?

오래 가지고 있던 약점이나 콤플렉스들이 갑자기 해결될 수 없는데, 두려움을 이긴다는 건 스스로 치이지 않게 마음을 고쳐 잡는 정도일 테다.

애당초 우리는 두려움과 승패를 가를 수 없는 걸지도 모르겠다.

나의 약점들을 차츰 발전시키고 채워나가면서 거기서 생기는 두려움들이 점점 작아지고 희미해지길 바라야 한다. 어쩌면 아주 작고 어렴풋해지다가 영영 이 세상에서 사라져 줄지도 모른다.

그때까지는 괴롭더라도 함께 가야 한다.

단번에 이긴다는 건 아무래도 속임수다. 덜 힘들고 싶은 마음에서 오는 눈가림 같은 것.

집으로 돌아오는 길에 내 곁의 두려움들을 더듬어봤다. 아직 나의 존재보다 훨씬 크고 무겁게만 느껴졌다. 그래도 치고받고 싸우지 말자고 약속했다.

어차피 중요한 건 이기고 지는 게 아니다.

서로에게서 자유로워질 날이 올 때까지 노력을 멈추지 않는 것, 그렇게 매일 애써 나아가는 것이 용기구나.

나는 그날 밤 용기의 비밀에 대해 조금 알게 된 기분이었다.

내게 무계획을
안겨줘요

낯선 곳에서는 무엇이든 던져버려도 좋을
것이다. 아마도 그러려고 떠나온 것일 테니.

어쩌면 내 속에는 '떠나고 싶은 욕구'를 담는 그릇이 있다.

살다 보면 이런저런 이유로 욕구들은 마일리지처럼 차곡차곡 쌓이고, 결국엔 가득 차게 된다. 그 순간, 그릇은 폭발물로 변한다.

당장에 떠나지 않으면 뻥 하고 터져버리는 폭탄!

그래서 늘 꿈꾸던 내 여행은, 번갯불에 콩 구워 먹듯 다급하게 완성되기 일쑤다.

평소에 하릴없이 '가고 싶다'고만 되뇌던 여행지들이 죄다 후보로 오른다. 여행 가능한 날짜를 쭉 끌어 모으면, 후보지 중 몇 곳이 탈락한다. 일정이 넉넉하면 가까운 나라가, 일정이 빠듯하면 먼 나라가 물러나는 거다.

좁혀진 선택지 중 최종 목적지를 고르는 건 동행하는 사람이나 내 지갑 사정의 몫으로 남는다. 그리고 선택한 장소를 내 멋대로 흠모하며 여행 계획을 짠다. 서점으로 달려가 여행 책을 두어 권 사고, 인터넷을 뒤지고, 그 나라가 배경인 영화를 챙겨 보고, 어설픈 여행 회화를 열심히 외운다. 내가 가장 사랑하는 순간, 어쩌면 여행 그 자체보다도 더 달콤한 시간이다.

작년 여름에 홍콩 여행을 떠났을 때도 비슷한 흐름이었지만, 동행하는 친구의 단순함 덕분에 빠르게 진행할 수 있었다.

게다가 그녀는 여행을 떠나기도 전에, 나보다 3.2배는 신속한 항공권과 숙소 검색 및 예약 능력으로 훌륭한 여행 메이트 자질을 뽐냈다. 굼뜬 의사결정과 우유부단함으로 나를 거의 여행사 직원으로 만들어버리곤 했던 뭇 동행인들과 달랐다. 올레!

그러나 그 누가 장점만 있으랴. 그녀가 지도를 보고 길 찾는 게 서툰 건 아무 문제가 되지 않았다. 누구와 여행하든 길 찾기는 나의 몫이었으니까.

당황스러운 부분은 다른 데 있었다. 나보다 체력도 지구력도 좋은 그녀가, 너무 일찍 지쳐버렸던 것이다. 단순히 육체의 문제는 아니었다. 알고 보니 친구는 여행을 굉장히 느슨하게 하는 스타일이었다. 계획 같은 것도 없이, 심지어 숙소도 정하지 않고 여행길을 나선 적도 있다고 했다.

그런데 나처럼 하고 싶은 것도 가고 싶은 곳도 많은 여행자와 함께하려니 얼마나 피곤했을지. 그 마음 아는데도 나는 또 내 스타일을 못 버리고 발만 동동거리다가 시큰둥한 친구 때문에 입이 삐쭉 나오다가, 그랬다.

다음 날에는 오전 11시에 예약해둔 프렌치 레스토랑에 브런치를 먹으러 가기로 했다. 골동품 가게가 죽 늘어서 있어서 고풍스러우면서도 올드한 느낌을 주는 캣 스트리트(Cat Street), 그 사이에 위치한 가게였다. 새빨갛고 번쩍번쩍 금빛이 나는 중국풍 가게들 사이를 지나면서 '이런 데 프렌치 레스토랑이 있다고?' 의아했다.

레스토랑이 얼마나 숨어 있던지 근처 골목을 세 번쯤 뱅뱅 돌고 난 후에야 벽인 척 서 있던 입구를 찾아냈다. 레스토랑에 들어서자 탄성을 삼켜야 했다. 분위기는 완벽했고, 식사는 환상적이었다. 창밖 풍경은 올드한데 가게 내부는 그래피티와 유명 아티스트들의 작품으로 흡사 미술관 같아 묘한 조화를 만들어냈다.

코스 요리에서는 식전 빵부터 데니쉬, 크루아상, 바게트 등이 잔뜩 담긴 바구니가 등장했다. 우리는 금세 황홀해졌다.

가장 좋았던 건 와인과 칵테일을 마음껏 마실 수 있다는 것.

바닥을 보일 새 없이 재깍재깍 잔에 채워지는 프랑스산 로제와인은 어렴풋한 장미향이 풍겼고, 특별 레시피로 만들어진 칵테일들은 오렌지, 석류, 카시스베리 등 상큼한 맛이 났다.

첫 손님으로 가게에 들어섰던 우리는 브런치 타임이 끝날 때까지 아주 천천히 식사를 즐기며 끊임없이 대화를 이어갔다. 주제는 엄청나게 중구난방이었지만 계속 이야기를 나누다 보니 그 모든 게 하나로 이어져 있다고 느껴졌다.

　식사가 끝나고 생글거리는 백발의 홀 매니저의 배웅을 받으며 문밖으로 나왔다. 뜨거운 햇볕이 우리를 잡아먹을 것처럼 덮쳤다. 하지만 취기가 부른 괜한 흥분감 덕분에 아랑곳하지 않고 아무 방향으로나 걸었다.

　그다음 일정은 잊은 지 오래였다.

　향냄새가 풍기는 방향으로 걸어 오래된 사원을 기웃거리고, 외국인들을 따라가다 뒷골목에 괜찮은 와인바도 찜해뒀다. 정처 없이 휘적거리며 걷다가 로컬의 대형 슈퍼마켓에 들어설 때쯤 취기는 슬슬 가라앉고 있었다.

　귀여운 우유 패키지, 아무렇게나 포장된 치즈를 둘러보다 맥주 코너 앞에 섰다. 처음 보는 외국 맥주들이 늘어서 있었다.

　아, 넋을 빼앗긴 나를 보고 친구가 속삭였다.

　"이거 잔뜩 사서 마실까? 숙소 가져가서 마시면 되겠다!"

　시계를 보니 아직 3시 반.

　여행이 한창 계속되어야 할 시간이었다.

　그런데 숙소로 돌아가다니? 그제야 잊고 있던 계획들이 다시 떠올랐다. 홍콩 오면 사려고 했던 물건들, 꼭 들르려 했던 홍차 가게, 무슨 무슨 영화에 나왔다는 거리…. 스마트폰 속 구글 맵에 찍혀 있는 장소들을 다 들르려면 하루가 모자랄 판이었다.

그렇지만 결국 30분 후의 나는, 친구와 함께 호텔로 돌아가 창가에 맥주와 안주를 죽 늘어놓고 널브러져 있었다. 크게 틀어놓은 음악과 낯선 맛의 맥주들, 멀리 보이는 항구와 빽빽한 홍콩 거리가 가까우면서도 아득하게 느껴졌다. 그냥, 좋았다.

어쩌면 나는 깨달은 것이다.

길을 잃지 않기 위해 길을 찾아두는 것보다, 길이란 것 자체를 잊어버리는 게 훨씬 자유롭다는 것을.

한국에서, 서울에서, 일상을 살아가며 방황하지 않기 위해 면밀히 계획을 세우고 수정하던 자신을 이국땅에서도 벗어나지 못했었구나. 낯선 곳에서는 무엇이든 던져버려도 좋을 것이다. 아마도 그러려고 떠나온 것일 테니.

이후에는 계획 따위 곱게 접었다. 미련이 남는 곳 몇 군데를 빼고는 미적미적 다녔다. 예전엔 쓱 보고 지나쳤던 미드레벨 에스컬레이터도 시간이 많으니까 끝까지 가봤다. 예상했던 것보다 3배는 길어서 후회할 뻔했지만, 그럴 때마다 에스컬레이터 양옆으로 펼쳐지는 로컬 레스토랑, 스페인 바, 아이스크림 가게 들이 눈을 번쩍 뜨게 만들었다. 꼭대기로 올라갈수록 홍콩 사람들의 일상이 묻어 있는 풍경이 보였는데, 그게 또 좋았다. 남의 맨션에 기웃기웃거리면서 구석에 핀 꽃들 사진도 찍었다.

물론 계획 없이 다녔다고 운 좋은 일만 생긴 건 아니다.

덕분에 마지막 날 저녁엔 캄캄해지도록 식사도 못 하고 헤맸다. 포기하고 라면이나 사다 먹자, 하며 호텔 근처 편의점에 가던 길에 푸드코트 간판을 봤다. 싸늘하게 생긴 철문이라 별 기대 없이 문을 열었는데, 맙소사. 현지인들과 외국인들이 섞여 북적북적한 게 파티라도 열린 분위기였다. 우리는 거기서 이름도 모르는 베트남 생선 요리를 먹었다.

'어떻게 이렇게 맛있는 걸 이런 허름한 곳에서 팔지?' 친구와 나는 눈을 동그랗게 떴다.

　물론 사람은 쉽게 변하지 않아서, 나는 여전히 계획 없인 불안하고 벼락치기는 꿈도 못 꾸는 소심쟁이다.

　하지만 무계획이 나쁜 게 아니란 걸 알았으니까. 오히려 더 좋을 수 있단 것도 알았으니까. 언제든 아무렇게나 살 기회를 노리고 있다.

불안의
쓸모

이게 정말 나의 불안인지, 누군가가 내게
던져놓고 간 불안은 아닌지. 그 생각만 놓지
않는다면 우린 아직 괜찮다.

가끔 그런 밤이 있다.

평소처럼 똑같이 불을 끄고 누워 잠을 청했는데 머릿속 스위치
가 도통 꺼지지 않는 밤.

하루치의 피로가 이불처럼 내 몸을 감싸고 있는데 정신은 괴롭
도록 또렷하다. 왼쪽으로 오른쪽으로 자세를 바꿔 봐도 잠은 썰물
처럼 빠져나가기만 하고, 펄처럼 질척한 어둠만 눈앞에 들러붙어

있다.

나뿐만 아니라 누구나, 이런 밤이 있을 거다.

잠이 들려는 노력이 실패하고 오지 않는 잠으로 인한 짜증도 잦아들 때쯤이면, 머릿속은 독백의 무대가 된다. 그 순간이 스스로를 성찰하고 자신감을 북돋는 자리로 바뀔 수 있다면 불면도 썩 나쁘지 않겠다.

하지만 검은 무대는 한 치 앞도 보이지 않는 지금의 내 삶과 너무 닮아 있어서, 그간 안고 있던 고민거리들이 품에서 후드득 쏟아져 나온다. 불안이 짙어질수록 신기하게도 머릿속은 맑아져서, 차라리 잠을 포기하고 싶을 정도다.

불안은 영혼을 잠식하여 진청의 그림자를 드리우고⋯

뮤지션 김윤아의 곡 〈불안은 영혼을 잠식한다〉 중 한 소절이다 (동명의 영화도 있다). 비단 불면의 밤뿐만이 아니다. 내가 허점을 드러내는 모든 순간에, 불안은 내 영혼을 잠식하기 위해 기다리고 있다. 옅게 술이 취한 저녁이나 엄마와 짧은 다툼을 한 아침, 어쩌다 잘못 탄 지하철이나 버스 안에서…. 속상하거나 무기력한 마음은 소리 없는 울음으로 번지고, 한없이 길 잃은 것 같은 기분이 남기는 건 불안뿐이다.

나는 왜 불안해야 하는가.

나는 왜 '이만큼이나' 불안해야 하는가.

어릴 때는 '내가 가진 게 없어서'라고 답했다. '아는 게 없어서, 이뤄놓은 게 없어서'라고 생각했다. 내가 디딜 땅이 얇고 좁아서 그렇다고 여겼다. 바라는 게 조금이라도 이뤄지면 괜찮아질 거라고, 목표에 가까워질수록 나아질 거라고 믿었다.

그래서 스무 살 무렵 내 다이어리는 누구보다 빽빽했다. 일정표에 동그라미 치는 것이 큰 기쁨이어서, 하나의 목표도 작은 목표로 나눠 써놓을 정도였다. 그렇게 하면 동그라미 칠 기회가 더 많아지니까.

하지만 그래도 쉽사리 만족할 수 없었다. 뭔가를 하고 있어도 불안했다. 그래서 목표의 종류를 늘려갔다.

2 0

세상에 좋아 보이는 것들은 참 많았다.

남들이 다 하는 건 나도 해봐야 할 것 같았다. 별 재능이 없는 일인데도 작은 기회가 생기면 놓치기 아까웠다. 하고 싶었던 것에는 나보다 먼저, 나보다 더 많이 성공한 사람들이 항상 있었다.

학점을 4점대로 유지하는 것, 교환학생을 준비하는 것, 알바와 인턴에 도전하는 것, 친구들과 밴드를 하는 것, 글을 계속 쓰는 것…. 뭐 하나 놓지 않아서 더 엉망이었다.

언제나 남들의 평가를 신경 썼지만, 나는 그야말로 아무것도 아니었다.

사실은 몸이 아니라 마음만 바빴고, 금세 지쳐서 도망치기 일쑤였다. 술과 사람, 연애에 많이 기대고 숨었다. 알고 보면 뭐, 요즘도 다르지 않다. 그것들은 '지금'만 보게 해주니까.

어쩌면 그쪽이 더 맞는지도 모른다. 있을지도 모르는 미래 같은데 매달리느라 괜히 마음을 벼랑 끝으로 내몰 필요 없이, '지금의 나'만으로 존재하는 것. 하지만 그게 말처럼 쉽지 않아서 또 사람을 만나고 술을 마시고 사랑을 하고 그랬다.

제목도 매력적인 책 《육체탐구생활》(박하, 2015)의 저자인 김현진 씨도 나처럼 술 많이 마시는 게 고민이었나 보다. 혹은 그게 아니라 술을 자꾸 마시게 하는 현실, 그 불안이 더 고민이었을지도 모른다.

책을 읽다 보니 아주 부러운 에피소드가 하나 있었다. 그녀가 자주 다니던 약수동 '나주순대국' 가게의 할머니 이야기였다. 아마도 무슨 괴로운 일이 있거나 괜스레 복잡할 때 순댓국 집을 찾았을 것이다. 그녀가 자리에 앉아 "저는 술을 너무 많이 마셔요" 하고 자책하고 있으면 할머니가 "아가, 들어갈 때 실컷 마셔라, 거시기 쪼그만한 새끼들이 뭐라고 시벌시벌 떠드는 거는 신경도 쓰지 말그라잉" 하면서 그녀가 좋아하는 돼지 간을 더 얹어줬단다. 그 말이 뭐라고 책을 읽던 나는 울음을 터트렸다.

여든 넘은 할머니 앞에서는 그녀도 나도 '아가'이고, 술 들어갈 때 실컷 마실 나이고, 뭐라고 떠들어대는 것들에 매일 흔들릴 때다.

이런 우리의 불안은 쉽게 해결될 일은 아니다. 알랭 드 보통의 《불안》(은행나무, 2011)을 읽다 이런 문장을 만났다.

불안도 종류에 따라 쓸모가 있다는 사실을 부정하지 않는다.

다행이네. 가슴을 쓸어내렸다. 그리고 그는 아래와 같은 말을 덧붙였다.

우리가 원하는 것이 진정으로 우리에게 필요한 것인지, 우리가 두려워하는 것이 진정으로 무서워할 만한 것인지 자문해보라는 것이다.

알랭 드 보통의 말을 찬찬히 들어보면 골자는 이렇다. 타인이 가타부타 정하는 기준으로 불안할 것이 아니라, 자신의 내면을 들여다보라는 것.

세상엔 수많은 불안이 있고, 우린 그중 여럿을 통과하며 살아가야 한다. 가끔은 발목을 잡히기도 할 것이다. 대인배도 현자도 못되는 터라, 불안을 아주 떨쳐버리지 못하고 사는 건 비단 나뿐만이 아니겠지?

　괜찮다. 불안에 오들오들 떨더라도, 결국 그게 각자의 원동력이 되어 어느 날엔가는 온기를 가져다주길 바란다.

　그때까지 잊지 말아야 할 것은 하나. 우리의 불안을 끊임없이 의심하는 것. 이게 정말 나의 불안인지, 누군가가 내게 던져놓고 간 불안은 아닌지.

　그 생각만 놓지 않는다면 우린 아직 괜찮다. 좀 더 불면의 밤을 겪고, 술도 많이 마시고 깨지고 부서지고 하면서 살아도 괜찮다. 오로지 우리 자신을 위해서.

우리는 모두
빛나는 예외

1판 1쇄 인쇄 2016년 3월 14일
1판 1쇄 발행 2016년 3월 21일

지은이 전아론
펴낸이 김성구

책임편집 나성우
단행본부 박혜란 박유진 이미현 이은정 김민기 김동규
디자인 여종욱 문인순
제 작 신태섭
책임마케팅 손기주
마케팅 최윤호 송영호 유지혜
관 리 김현영

펴낸곳 (주)샘터사
등 록 2001년 10월 15일 제1-2923호
주 소 서울시 종로구 대학로 116 (03086)
전 화 02-763-8965(단행본부) 02-763-8966(영업마케팅부)
팩 스 02-3672-1873 **이메일** book@isamtoh.com **홈페이지** www.isamtoh.com

ⓒ 전아론, 2016, Printed in Korea.

ISBN 978-89-464-2025-0 03810

이 도서의 국립중앙도서관 출판예정도서목록(CIP)은 서지정보유통지원시스템 홈페이지(http://seoji.nl.go.kr)와
국가자료공동목록시스템(http://www.nl.go.kr/kolisnet)에서 이용하실 수 있습니다.(CIP제어번호: CIP2016006446)

값은 뒤표지에 있습니다.
잘못 만들어진 책은 구입처에서 교환해 드립니다.